contents

ループ8周目は幸せな人生を

～7周分の経験値と第三王女の『鑑定』で覚醒した俺は、相棒のベビーモスとともに無双する～

著：すかいふぁーむ
イラスト：teffish

PB
PASH!ブックス
主婦と生活社

プロローグ ⚜ 七回目の死 ⚜

「また死んだのか……？　俺は……」

真っ暗な世界で呟《つぶや》く。

こんな場所でも七回も来れば嫌でも認識できるようになる訳だ。

しかし……。

「もうこれで七回目か……」

七回目の死、それは受け入れられる。

七回も死んで受け入れられないのは……仲間たちの、いや元仲間たちのことだった。

「まさかあいつらが……」

何かの間違いだと思いたい。

だがどうしようもなく、最後のあいつらの表情がこびりついて離れなかった。

俺が死ぬ前に見た、あの景色と表情が。

⚜

「わかんねえやつだなあ？　もうお前はいらねえって言ってんだよ」

上位の冒険者しか踏み入れないような深い森の中、うずくまる俺にパーティーリーダーのマーガスがそう言った。

マーガスは魔法剣士として、そして勇者候補としてパーティーを引っ張るアルカス伯爵家の四男だ。

伯爵家とはいえ四男のため、食い扶持《ぶち》は自ら稼がないといけない。

血の滲《にじ》むような努力を経て、剣士としても魔法使いとしても一定以上の力を示し魔法剣士として名を馳《は》せるに至った尊敬できる男だった。

「そもそもさ、田舎の貧乏貴族のあんたが私らと釣り合う訳ないでしょうに……」

魔法使いのルイが続けるようにこう言った。

彼女はルートス子爵家の三女だ。

本来子爵家の政略結婚のカードだったところを、自ら冒険者として名を挙げることでねじ曲げた気の強い少女だった。

家の言いなりになりたくない一心で魔法の才能を開花させ、目覚ましい戦果を残した優秀な魔法使いだ。

だがその気の強さは不安の裏返し。実は泣き虫な彼女を、俺は近くで見守ってきた。

「いつまでも勘違いが続く哀れな男だな」

全身甲冑《かっちゅう》の女騎士、アマン。

カイル男爵家の五女。

ルイとは対照的にこちらは嫁ぐあてもなく、騎士としての仕官も難しい立場だったようだ。本人は決死の覚悟を持って冒険者として身を立てた。

言葉の端々に見られるトゲトゲしく冷たい印象は、そのまま自分へのストイックさに繋《つな》がっている。

そのストイックさは自分だけでなく他人にも向けられるのだが、曲がったことは許さず自分への厳しさを貫き通すその姿勢を、俺は好ましく思っていた。

そんな、誰よりも信頼して関わってきた三人だったからこそ、それぞれの口から出た言葉は信じられなかった。

これまでの俺の、七回の人生まで全てを否定するようで、到底受け入れられるものではなかったのだ。

マーガスがうずくまる俺に近づいてこう言った。

「あんなバケモン、今の俺らじゃ勝てねえ」

さっき見つけた異形の魔物のことだった。

文字通り化け物。五十人からなる騎士団でも討伐が難しいドラゴンなどの上位の魔物が可愛《かわい》らしく見えるほど、圧倒的な力を持つ魔物がそれだ。

「ああ……」

「だからな。一番いらねえお前が、餌になってる間に俺たちが逃げることにしたんだ」

「そんな……」

俺はこれまで何度も死んできた。

どうしても毎回、十八歳のこのときに、パーティーは窮地に陥るのだ。そしてそのたび俺は、自ら志願してパーティーのために死んできた。

そしてパーティー結成のあの日。十五歳のあの日に巻き戻る。

「俺たちは身分なんて気にしない！　一緒に頑張って、一流の冒険者になって、いつか実家を超えるくらいの功績を立てるんだ！」

「ぐす……うん！　ぜったい……！　絶対見返してやるわ！　あの家を！」

「私は……必ずこの手で、この力を認めさせる……！」

こんなことをこれまで七回、繰り返してきた。

十五歳の時、誰からでもなく一体感を持って一緒に頑張ろうと誓い合った仲間たちの口から、信じがたい罵詈雑言《ばりぞうごん》が飛んでいる。

それはこれから訪れる死の現実よりも、受け入れがたいものだった。

「騎士爵なんて名前だけの爵位。しかもてめえは食い扶持減らしの三男ときた。俺たちと並び立てると、本気で思ってたのか？」

「身の程知らずにも程があるわね……」

「最後に役に立てるのだ。誇りに思うがいい」

三人の言葉を聞いて、怒りでも悲しみでもなく、ただこの悪い夢が早く覚めて欲しいと、そんな思いがこみ上げてきた。

迫ってくるのは異形の怪物。

一周目はドラゴンだった。徐々に力不足で仲間たちについていけなくなったことを感じていた俺は、自ら志願して囮《おとり》となって死んだ。

二周目は何故かダンジョンの外に現れたミノタウロス。

三周目は頭を三つ持った狼《おおかみ》、ケルベロス。

四周目からは様子がおかしくなった。

あらゆる魔物が混ざりあったような、異形の魔物……キメラになった。それも徐々に力を増していき、今回の魔物はもはや俺が死んだあと何もかも滅ぼしてしまえそうな、そんな存在のように思えた。

何はともあれ、俺はどこに行っても何をしても、最後は桁違いの力を持った魔物に殺されるのだ。

それでも毎回、彼らのためならと、命を差し出してきた。

だが今回は――

「お前ら……」

「どうせどっかで放り出すつもりだったんだ。お前が活躍して死んだってよ、実家の貧乏騎士爵にも伝えてやるからさ」

彼らに、裏切られて窮地に陥っていた。

「流石《さすが》に死んだとなれば私の家からも何か送ってくれるかもね？　いいじゃない。親孝行できるわよ」

「ふん……」

マーガスの剣の腹で頭を殴打された俺は、身動きがろくに取れない。

それに加え、ルイが呪文を唱えた。

もうどうすることもできないだろう。

ルイの魔法は強力だからな……。

仕方ない。これまで一緒に戦ってくれた相棒だけでも逃がそう。

そう思ってその姿を探す。

そして俺は、信じられないものを見た。

「万が一ってのがあっても困るからよ。お前の使えねえ使い魔もここで殺すからな」

「やめ……」

声にならない。

やめろ。

やめてくれ！

「ほんと……小汚い魔物を引き連れてるだなんて迷惑で最低の職業よね」

「下賤なこいつにはよく似合っていたのではないか？」

最後に見た相棒。

空を飛ぶ、ふわふわした柔らかい猫のような相棒。

ついにその種族の名を知ることもなく……2周目も……。

「やめろおおおおおおおおお」

「うるせえよ。じゃあおめえから死ね」

——ザシュ

暗転。

こうして俺は七度目の人生を終えた。

最後に聞こえたのは——

「しけてんなぁこいつの持ち物……ったく……使い魔の毛皮くらいは売れるかね」

元仲間の、最悪な一言だった。

八周目のスタート

「俺たちは身分なんて気にしない！　一緒に頑張って、一流の冒険者になって、いつか実家を超えるくらいの功績を立てるんだ！」

「ぐす……うん！　ぜったい……！　絶対見返してやるわ！　あの家を！」

「私は……必ずこの手で、この力を認めさせる……！」

「おいおい。なんか言ってくれよ、レミルも」

「あ、ああ、ごめん。俺は……」


またここからか。

冒険者予備校の卒業後、俺たちはパーティーを組んだ。

一周目は剣士だったが仲間の成長についていけず自ら志願して命を落とした。

二週目は一回目の経験を生かしてそれなりに活躍したつもりだ。だが十八のとき、同じように仲間をかばって死んだ。

三周目は前衛を諦めた。剣士ではなく魔法に手を出すが役に立てず死んだ。

四周目、支援に徹するために魔法の方向を変えてみたが死んだ。

五周目、仲間のためというよりも自分のために、防御力をとにかく上げた。アマンと同じ騎士職を目指して……死んだ。

六周目は完全に前線に行くことを諦めた。自分がどうにか前線に出ない方法を考えて錬金術とテイムを覚えたが……死んだ。

そして七周目。俺の集大成だった。

錬金術を武器に装備を整え、テイマーとして仲間を増やし、魔法も剣も使って、これまでで一番パーティーに貢献した。

その結末が……あれだった。

「俺はさ、みんなほど活躍できないはずだから。程々に頑張るよ」

「なんだよそりゃ……お前になんかありゃ俺らが守ってやるから！」

「そうよ！　私の魔法であんたがいなくても十分活躍できるくらい……あ、これは別にあんたが要らないって訳じゃないけど……えっと……とにかく！　私が守るわ！」

「防御は私の役割だ。レミルはしっかり、自分にできることをすればいい」

「ありがとう」

本当に、こいつらがあんなふうになってしまうなんて……。

なんでだろうな……。

いつものように問いかけようとして気付いた。

ああそうか。まだ俺は、相棒も近くにいないんだった。

⚜

みんなと別れ、人通りの少ない路地に入る。

一人になって改めて考えた。

前回の人生のことと、このあとの動き方を。

とにかく結論はひとつだ。

「俺はなるべく早くあいつらから離れる」

今日三人と話しているだけなら、そこに悪意を感じられなかった。それでも、俺はこの先の結末を知ってしまっている。

ましてやあんな結末を迎えうるメンバーと七回も人生を共にして一度も見抜けなかったのだ。

自分の能力に期待してはいけない。

どちらにしてももう、俺にはあれが本心だとは感じられなくなっていた。

「目指すのはやっぱ、万能テイマーだろうか……？」

直前の人生の感覚はベストだった。

これまで覚えたスキルは身体《からだ》が覚えているようで、最初から剣技も魔法も、テイムも錬金術もある程度はできたのだ。

厳密に言えばやりかたを知っているメリットを生かして取得してきただけだが、それでも三年であそこまで行けたのは頑張ったほうだと我ながら思う。

そしておそらく今回も同じようにできるだろう。

「あの状態なら多分、ソロでも少なくともCランクにはなれる……よな？」

実際にやった訳ではないので自信はないが多分行ける。なんならBランクだって、運が良ければ行けるかもしれない……。

今までの経験を生かして、俺は早く独り立ちするべきだろう。

「そもそも七回も一緒にやってきたのは……信頼、してたからだもんなぁ……」

どうしても俺は十八歳のあの日に死ぬ。

パーティーを組んでいれば分かっている結末だった。

それでも俺がずっと、試行錯誤を繰り返してやってきた理由はひとえに、あいつらが好きだったからだ。

今でも信じられない思いはあるが、いつまでもそれを引きずるとまた文字通り人生を棒に振る。

何回ループができるかも分からないんだ。生き残るための最善を尽くそう。

「パーティーは組んでしまった。ループがそこから始まるのだから仕方ない」

あの日まで粘ってしまえば、俺は死ぬことになる。

「とりあえず早くパーティーを抜けて……」

抜けて……。

その先を考える。

「あれ？」

その先何をしようか。俺が何をしたいのか、全然思いつかなかった。

思えば七周も人生をこの仲間たちに捧げてきたのだ。

文字通り、命をかけて……。

「見返す……か？」

前の人生、最後にあいつらは俺が騎士爵家であることを馬鹿にしていた。

きっとずっと、その偏見があったんだろう。

「確かにうちは、継承権すらない貧乏貴族だったけどさ……」

それは関係ないと言ったはずだった。

全員、家を継ぐことはできないのだ。

見返す。となると……俺自身が爵位を得るような活躍を見せるとか、あいつらが思いもしない身分の相手とでもお近づきになるべきか？

「俺がもし、王女様とでも一緒に動き始めたら見返せるのかねえ」

何の気なしにそうぼやいて空を見上げたら、何故《なぜ》かこちらを見下ろす少女と目が合った。全身をローブで包んで顔も隠しているが、はっきりした声でこう告げた。

「良いじゃない。じゃあそうしましょうか」

「へ？」

俺は周りに誰もいないことを確認して路地に座り込んでいたはずだ。

素敵も周辺の警戒もそれなりにはしていた。

だというのに、声をかけられるまで気が付きもしなかったなんて……。

「私はシエル。エルトン王国、第三王女といえば通じるかしら？」

そう言ってフードを取る少女。

勝ち気な目に、金色の長い髪を束ね、まだ幼さの残る丸い顔に白い肌。

先程の名乗りと合わせて考えればほぼ間違いない。

その美しさと若さゆえのお転婆さを称して、『尖《とが》った宝石』と呼ばれる色んな意味で国を代表する美少女だった。

「本物……？」

「他に何に見えるのかしら……ああ、これをやったほうが信じてもらえる？」

「何を……」

言う間もなく、少女の右目が元の金色から青緑色の宝石のような輝きを放った。

「これは……！」

知ってる。

『尖った宝石』という異名のもう一つの由来。いやむしろ、メインの由来だ。

その力は原石を見つけるためのもの。国内最高峰の『鑑定眼』だった。

『鑑定眼』を使うとき、その目が宝石のように輝くのだ。

「へえ。やっぱり……貴方《あなた》、面白いじゃない」

「何を見たんだ……」

「信じられないくらい莫大《ばくだい》な経験値。そして何より、ちぐはぐなほど大量にスキルの道が見えたわ」

「道……？」

「本来その人が目指すべき姿は、この力で大まかに分かるものなの。貴方はそれが分からないほど枝分かれしてるのよ」

枝分かれ……か。

まあ色々やってきたからそうだろう。

これまでのことを思い返したおかげか、ようやく目の前の現実に頭が追いついてくる。

王女様どうこうとつぶやいたは良いものの、あんなものは妄言も甚だしい。こうして目の前にいる王女が本物だとしても、いや本物ならなおさら、関わり合いになるつもりはなかった。

分不相応な相手との接点は厄介事を増やす気しかしないからだ。

それでなくても三年以内に何かを変えなければ死ぬ運命。それより大きな厄介事に関わるつもりはない。

そう思っていた。

次の一言を聞くまでは。

「貴方、何回か人生やり直してるんじゃないの？」

「なっ……！　それをどこで⁉」

「え！　ほんとにそうなの⁉　すごいじゃない！」

「しまった……」

後悔しても後の祭り。

『鑑定眼』は真偽も見極めるスキルとすら言われているし、何より目の前の少女がすっかり信じ切ってしまった。

今更撤回は難しい……。

「うん。で、私と何をする？　冒険者かしら？　どこか高等教育の学校にでも行く？」

「本気か……？　いや本気ですか……？　王女様」

「やめてよ今更。私たちは別に身分を気にする関係じゃないじゃない」

「そう……なのか？」

ダメだまた頭が追いつかなくなった……。

おかしいぞ。

七周もやったのに王女様なんて会ったこともなかった。

俺がどんな選択をしても大筋は変わらなかったはずだ。それがもうすでに変わっているのだ……。

「俺がパーティーをやめたいと思ったから……か？」

「ん？　よく分からないけどパーティーを組むのかしら？」

「今ちょっと考えてるから黙っててもらってもいいか？」

「むっ！　王女に向かってふてぶてしいわね。まあいいわ。私は寛大だから待っててあげる」

静かになった路地裏で思案する。

思い出せ。

確かこのあとは、みんなでパーティーの申請に行く。

通常、新人はFランクからスタートするところを、俺たちは冒険者予備校での実績が認められてEランクからになる。

それを祝っていきなり戦闘クエストに挑戦するんだ。そして調子に乗って森の奥に入り、Dランク相当の魔物にこっぴどくやられる。

それすらも笑いながら逃げられるくらいに、夢中になって楽しかった……はずだ。

「ねえ」

あとそれから……。

ああ、十日も経《た》たずに魔法使いのルイが虫型の魔物に囲まれて気を失うんだ。

そのあとは流石に徐々に克服していったけど、二年経ってもルイは虫が嫌いだったな。

「ねえってば」

あとは……一年目だけでも十回はピンチに陥ってるなぁ。

ダンジョンでアマンが転移トラップを踏んで下層部に落ちちゃったり……。

マーガスが上位の冒険者を怒らせて決闘になりかけたり……。

いやー……こう考えるとよく生きてやってこれたなあ。1周目。

「ねえええええええ！　無視しないでよおおおおおおお!!」

「うぉっ!?　え、なんで泣いてんの」

「ひどい！　私をずっと放置するなんて！」

「いやそんな長い時間じゃなかっただろ……」

情緒不安定な王女様だった。

「で、なんだよ」

「えっとね……私がパーティーを組んであげてもいいわよ？」

「あー……」

「何よっ！　何か不満があるのかしら？」

「いや、俺、もうパーティーがいるから……」

「はあああああ!? なんってよ！ 一人寂しい仲間っぽい雰囲気してたじゃない！」

「失礼なっ!?」

仲間っぽいってなんだよ!?

今確かにこの王女様、ぼっちのオーラは物凄《ものすご》いするんだけどさ。

「ひどい！ 私を騙《だま》したのね！」

「人聞きが悪い！」

涙目で叫ぶ王女様。

どうするんだ。ここだけ切り取ったら俺、処刑ものの修羅場だぞ。

第三王女をたぶらかした男……。というか俺、割と最初から無礼な口を聞いてた気がする。

田舎貴族からすると王族なんて一生話すことのない天上人だったせいで、とっさに頭がついてこなかった。

今はもう本人がいいと言うからいいんだけど……。いやだめか？ だめな気もする……けど間違いなく、今更よそよそしくしたらこの王女様は泣くだろう。

仕方ない。

「まあ、あっちはもう切るつもりだったからいいんだけどな」

「何よ！ それを早く言いなさいよ！」

目に溜《た》めた涙を拭いながら睨《にら》む王女様……。

「えっと……なんて呼べばいいんだ？」

もう敬語を今更使うのはやめておこう。泣かれても困るし、そのほうが怒りそうだ。

「シエルでいいわ。えっと……」

「俺はレミル」

「そう、よろしくね。レミル」

「ああ」

その頃の元仲間たち

「それにしてもあいつ……本気で俺たちと組みやがったよ！」

「身の程知らずだ……全く」

酒場として利用される店の奥。

富裕層向けに用意されたＶＩＰルームに三人の男女がいた。

先程までレミルと将来に向けて決意を固めていたあの三人だった。

グラスを揺らしながらルイが言う。

「ほんとにあの馬鹿は私たちとずっとやっていけると思ってるのかしら？」

マーガスがフォークで肉を突き刺しながら答える。

「家柄も才能もねえあいつは俺たち以外組む相手がいねえんだよ。だからしばらく使い倒して、報酬は基本俺たちが貰《もら》う。それでも感謝するはずだぜ？　あいつはさ」

アマンが静かに同意を示す。

「ついていけなくなればすぐに捨てればいい」

三人にとってレミルは初めから使い捨ての道具でしかなかった。

見方を変えればそれはもう、奴隷と言っても良いかもしれない。

彼らにとって騎士爵家であったレミルは、同じ貴族という扱いはできなかったのだ。

騎士爵家はそもそも継承権がない家だ。マーガスたち自身、自分たちに継承はされないのだが、最初からないのと、わずかでも受け継ぐ可能性があるのでは違う。

なけなしのプライドが、彼らにそう思わせていた。

そして奴隷も別に珍しいことじゃない。

召使いの代わりとして奴隷を利用することは貴族にとってよくあることだ。

そのくらいにしか思っていないのだ。彼らはレミルのことを。

「面倒事も押し付けられるしいいだろ。あいつ予備校時代から見張りも雑用も得意だったしよ」

「ま、平民を入れるよりはぎりぎりマシかしら」

「そういうこった。平民なんかと組んで俺らの家に変な話がいっちゃたまらん。平民と組むくらいなら、あんなのでもぎりぎり青い血は流れてるから、そのほうがマシだ」

「本当にギリギリだがな」

始めから、三人にとってレミルは丁度良い雑用係でしかなかったのだ。

三年経ったある日、不慮の事故で死ぬと思っているレミルだが、それは違う。

三人が面白がって、強大な魔物が発生する地帯におびき寄せて、殺させたのだ。

もっとも、その魔物の強さは三人の想像を絶するものになるため自分たちも被害を受けることになるのだが……。

追放や殺害は自分たちの名に傷がつくが、自ら名誉の死を選んだとなれば話は変わる。

レミルが仲間を守って死ねたと思っていた話は、ただずっとそんなことが七回繰り返されてきただけのものだった。

「さーて、こき使ってやるよ。いねえよりはマシだしな」

「そのうち王家なんかと繋がりができるくらいまでいけば……」

「俺はAランクまでいって爵位を授かる」

「私は……認められなかった騎士団に！」

それぞれの思惑はシンプルだ。

もう一度貴族として、いやせめて貴族の子弟らしく活躍したい。それだけだ。

王家との繋がりでもできれば最高。

そうでなくても活躍を見せれば爵位を貰《もら》える可能性がある。

だから彼らは冒険者の道を選んだのだ。

「楽しみだな」

「そうね」

「そうだな」

三人ともまさか、この会話そのものが自分たちの夢を閉ざす理由になるなどとは思いもよらず、楽しげに食事を続けていた。

『尖った宝石』の『鑑定眼』のことは知っていても、その力はただスキルや才能を見抜くだけのものというのが一般的な認識だった。

ゆえに彼らは知らない。

心の内側をキレイに盗み見られるような、そんな奇跡のスキルが存在することを。

そのスキルの持ち主が、自分たちが何より望んだ王家の血筋にいることを。

そして、自分たちが不要と切り捨てるレミルなしには、まるで活躍できずボロボロになっていくことを……。

決別

「ま、あっちのパーティーはもうなんか理由つけてやめるわ」

「そうね。私が出ていって説明してあげるわ」

驚くだろうなあ……。

いきなり第三王女様の登場だ。

今の時点であいつらにどの程度悪意が芽生えてるか分からないけど、いずれ殺そうとしてくる相手なら、俺が遠慮しちゃだめだ。

「逃がさないから」

「はいはい逃げねえよ」

ああ、シエルには言っておかないといけないか。

「俺は十八のときに、化け物に襲われて死ぬ。それを七回繰り返してきた」

「そう……七回も」

「やばいときは逃げろ」

「馬鹿ね」

不敵な笑みでシエルが告げる。

「逃がさないって、言ったじゃない」

「いやでも……」

次にシエルの口から出た言葉は、俺の七周の人生ごとガラリと塗り替えるほどのインパクトを持って届く。

「あんた、どうせ経験値のことも知らずにやってきたんじゃないの？」

「経験値……？」

そのくらいは分かるぞ。

冒険者は熟練度を高めるとレベルが上がる。

それは本人のレベルであったり、スキルのレベルであったり様々だが。

俺もそのおかげでそれぞれの人生で強くなってきたのだから。

「あんた。七周分の経験値が余ってるわよ」

「は!?」

「妙だと思ったのよね。すでに道が見えてるスキルはそんなに経験値が必要になるものもないし、多分あんた、これまでの人生全部無駄にしてきたんじゃないの？　過去の経験値を」

「そんなバカな……」

俺はそれぞれの人生でそれなりに頑張って経験を重ねてきた。

毎回一から、三年かけて技術を高めてきたのだ。

「まあこれだけ経験値があるなら、私がいれば何にでもならせてあげるわ」

「何にでも……？」

「剣聖、賢者、竜騎士……本当になんだってなれるわよ」

どれも夢物語に出てくるような伝説の最上級職だ。

あの中途半端だった俺が……？

なれるのか？

「本当に？」

「ええ。鑑定眼はそのためにあるわ」

確かに上位の鑑定はその人間の行く末を照らし出すと言われている。

見えるのだ。何をすれば次のステップに進めるのかが。

だから鑑定師の価値は高い。それこそこんなところにふらっと出てきていい立場じゃ……。

「って、改めてなんでシエルはこんなところにいるんだよ」

「なんでって……暇だったから？」

「いやいや……仮にも第三王女だし、何よりその眼は王国に必要な……」

「仮にもって失礼ね！　まあでもそうね……この眼が面倒だから、抜け出してきちゃったのよ」

「抜け出してって……」

余計見つかったらまずいんじゃないか俺……。

「まあでも、理由ができたし、私は自由になれるわよ。あんたとなら」

「どういうことだ……？」

「剣聖、賢者、竜騎士……どれをとっても国家最高戦力じゃない」

「まさか……」

「そう。原石を見つけたから光らせるといえば、しかもその原石がこれだけ強大だって分からせれば、お父様だって喜ぶはずよ」

本当かよ……。

「信じてない目をしてるわね……じゃあまずはそこで素振りを五回してみてもらえるかしら」

「素振り……？　いやここじゃ……」

「これでいいわよ」

町中で剣を抜くのは抵抗があると思っていたら、ホイッと木の枝を投げ渡された。

「まあいいか」

指示通り素振りをする。

「だめ。角度はこう」

「うわっ……急に近づくな」

まだ幼さが残るとはいえ美少女なんだ。

いやこの時点の俺とは大差ないか……。余計困る。

「はい集中して。持ち方はこう。重心はこっち」

「細かいな……」

その後もあれこれと指示されてようやく合格が出て素振りを始める。

「おお。アドバイス、的確だったんだな」

振りやすい。

ただの木の棒が手に馴染《なじ》む。

これはまるで、熟練度を上げて臨んだ前回の人生の後半と同じ……。あれ？　まさか。

「はい。【中級剣術】取得おめでとう」

「嘘《うそ》だろ……」

俺が二周目の人生で初めて取得した技術だった。

つまり普通に生きていれば三年以上は取得にかかるスキルだ。

コツが摑《つか》めた二周目以降でも、毎日剣を振り回して一年は取得にかかるスキルだった。それをこうもあっさり……。

「これが鑑定。あんたは私といれば、間違いなく強くなる」

期待で胸が高鳴る。

まさかこんなことまでできるとは……。

「誰にだってできる訳じゃないわよ。あんたはもう道が開かれていたからこれで済んだけど、すぐ何にでもなれる訳じゃないからね？」

「ああ……」

「ほんとに分かってるのかしら……」

訝《いぶか》しげにジト目を飛ばすシエルの読み通り、俺の耳には半分くらいしか届いてこない。

それくらい、今の出来事は衝撃的だったのだ。

「まあいいわ……これで私が外に出る大義名分もできた。あとはあんたのパーティーのことだけね……行くわよ」

「え？」

有無も言わさずシエルに引っ張られた。

「私はそう何度もここまで来られないから、あんたのパーティー離脱も今日決めさせてもらうわよ」

「でももう今日はあいつらとは解散してるぞ？」

「大丈夫よ。新しいスキルを覚えてもらうだけだから」

「え……」

そんなほいほい身に付けられるもんじゃないはずなんだけどな……スキルって。

「なんだ……？　あれ？　レミルと……だれだ？」

驚いたことにシエルのおかげで【探知】のスキルの取得は一瞬だった。

そのおかげで俺はあっさりマーガスを見つけた。

幸いなことにルイとアマンも一緒に、だ。

「……あいつ、もしかして私たちのことつけてたのかしら？」

「気色悪いやつだな……」

ああ……最初からこいつらはこんな感じだったのか……。

【探知】のスキルの取得のときに【盗聴】を覚えてしまったせいで全部、分かってしまった。

そもそも三人で一緒にいたのは俺には聞かれたくない話があったからだろう。軽くへこむ……。

いや逆に考えよう。

いっそここまでくればもう、遠慮する必要もないんだ。

「どうしたんだ？　集合は明日のはずだけど……」

「いや、悪いな。どうしても今日話がしたくて。他の二人もいるならちょうどいい。ちょっと来てくれ」

「なんだよ改まって……まあいいか。二人もいいか？」

「ええ」

「仕方ない」

シエルを人通りのあるところで見せる訳にはいかない。少し入り組んだ路地に入って三人に話をすることにした。

「で、なんだよ。レミル」

深呼吸。

思えばパーティーを抜けたいなんて言うの、七回もあった人生で初めてだな。

「マーガス。悪いがパーティーを抜けさせてくれ」

「は？」

「なっ！」

「馬鹿な……」

分かりやすいことに三人ともが一瞬、しまったという顔をしていた。

後ろめたいことがなければ見せない顔だ。

それだけで勘の良い人間なら何かを察するだろう。

まあ俺は過去七回これを見逃してるんだけどな……。我ながら間抜けだ。

一瞬しくじったという顔をしたマーガスだが、すぐ切り替えて話を始めた。

「おいおい……さっき一緒に頑張ろうって言ったばっかじゃないか。どうしたんだよ急に」

「それは悪いと思ってるけどな……」

「そもそも抜けてどうするつもりだよ？」

言外にお前に行き場なんてないという言葉が見え隠れしている。

まあ、マーガスたちにしてみれば俺は落ちこぼれだったかもしれないな……。

「別のパーティーに誘われたんだよ」

「馬鹿。やめとけって。騙されてるんだよ」

どの口が……と思うが抑える。

マーガスが言葉を続けた。

「どうせお前のこと今更拾うやつなんて、荷物持ちとか雑用要員にしか思ってねえって。そりゃレミルはちょっとだけ俺たちより力は劣るかもしれねえけどさ、その分うちのパーティーならレミルのやりたいことも止めねえし、な？」

「雑用……か」

今の言葉がそのまま、これまでの俺の人生を表しているようだった。

荷物持ちや雑用要員。それくらいにしか思ってなかったんだろう。

それもギリギリ貴族の俺だから、良くも悪くも使い勝手が良かった。それが真相なんだろう
……。

「そもそもどこのどいつだよ。お前を騙して誘うやつは。俺が話してやるから紹介しろよ」

「分かったよ。紹介する」

「おうおう。俺に任せとけよ」

シエルに合図を送る。

シエルがフードを取り、隠していた顔を三人に見せた。

「な……」

「まさか……」

「っ……！」

最初に動いたのはアマンだった。

すぐにマーガスとルイが後を追うように跪《ひざまず》いて顔を下げた。

「面を上げなさい。そこの男。私に話があるそうじゃない」

「めめめ滅相もございません！　まさか貴女《あなた》様がお相手だとは夢にも思わず大変なご無礼を……」

カタカタと震えながらマーガスが必死に弁明した。

「ふふ。まあいいわ。ただし、この男については私が貰う」

「それはもちろん！　で、ですが……恐れながら……我々のほうがお役に立てるのではないかと……」

緊張からか震える身体を押さえながら、歯を食いしばりマーガスが言った。

なるほどそうきたか……。

だが、シエルの口から紡がれるのはマーガスが期待する言葉ではない。

底冷えするような冷たい声で、こう告げた。

「要らないわよ。あんたらは程度が低い。鑑定する価値もなく、ね」

「へ……」

巻き添えを喰《く》らったルイとアマンも思わず顔を上げて固まっていた。

「私のスキルは知っているでしょう？　まあ一応教えてあげる。私のスキルは【鑑定】。スキルや成長性を見抜くのは分かると思うけれど……私の眼は性根の善悪くらいは見抜ける」

三人がそれぞれ顔を歪《ゆが》める。

それが今まさに、善悪の悪を示してしまっていることにも気付かなかったようだ。

「今後私たちに関わらないというなら先ほどの無礼は見逃してあげるわ。もし関わるつもりだと言うなら……」

たっぷりタメを作ってシエルが言う。

「この男が相手してあげるわね」

「えっ⁉」

そこまでシエルが告げたところで、マーガスたちはついに表情から苛立《いらだ》ちを隠せなくなった。

「何？　早速文句かしら？」

「いえ……ですが、もし我々がその男に勝てれば、認めていただけるのですか？」

「へえ……いいわよ。万に一つもあり得ないけどね」

ギロッとマーガスの、そしてルイとアマンの目がこちらを向く。

その目は獲物を見つけて喜んでいる目だった。

その目を見てシエルが溜息《ためいき》を吐《つ》きながらこう告げた。

「そう……なら明日、コロシアムにいらっしゃい」

「ちょっとシエル⁉」

「大丈夫よ。それにお父様に認めさせるにもちょうどいいわ」

「いや……」

現時点で俺が三人のうち一人にでも勝てるとは思えないんだ。

どこまでやったって大した戦果も残さず死んでいったんだ。

そんな状況なのに……。

「レミル」

だが、そんな俺にシエルは真っ直《す》ぐこう言った。

「私があんたを勝たせてあげる」

不敵に笑うシエル。

その獰猛《どうもう》な表情に思わずたじろいだ。

「面白い……レミル。お前の挑戦、受けてやるよ」

「王女様に認めてもらう試合……負けられない」

「とはいえ相手が相手だ。弱すぎて話にならんぞ」

三人の好戦的な目がこちらを射貫く。

こうして全く自分の意図しない形で、三人との決闘が組まれてしまった。

◆

宿に到着した。

いやもうこれ、宿って呼んでいいのか分からないくらいいつも使ってるところと違うんだけどな……。そもそも広さがおかしい。一室で普段使ってる宿の十部屋分くらいあるんじゃなかろうか……。

シエルいわく明日の段取りを含めてもう公的な話を進めているらしく、こういうお金や手続きも問題なく出してもらえるらしい。

王家の力……恐るべし。

あまりに現実味がなく頭がふわふわしてしまうので、無理にでもシエルと話をして意識を戻すとしよう。

「で、どうするつもりなんだ？」

「どうするって？」

「このまま明日を迎えても俺はあいつらに勝てないぞ？」

「何を言ってるのかしら……あんな連中、【中級剣術】だけでも十分よ？」

「いやいや……」

マーガスは魔法剣士として万能だし、ルイの魔法は一撃でも喰らえば致命傷……そしてアマンの、あの鉄壁の防御を突破するだけの技は俺にはない。

どう考えてもこの勝負、詰んでいる。

だというのにシエルはまるでそのことを気にするそぶりがなかった。

「不安ならそうね……一つくらいスキルを覚える？」

「できるのか？」

「そりゃできるけど……そうね……しばらく向こうを見ていなさい」

「分かった」

シエルは「別に要らないのに……」とかブツブツ言いながらも何かを準備しはじめた。

「ねぇ」

「ん？」

「ちょ！　まだこっちを見ないで！」

「え？」

わざとじゃない。

わざとじゃないんだけどまあそんなこと言われたら見ちゃうよね？

「見た……？」

「見てない」

「そう。良かったわ。今日のは黄色だしそんな可愛くないから」

「え？　赤だったよな？」

あ……。

「見てるじゃないこの馬鹿ああああああ!!」

「悪かったって！　いや待て服着てから怒れ!?」

「もうどうせ見られてるならいいわよこのっ！　この！」

「悪かったから落ち着いてくれ！」

半裸の王女様に殴られるというレアな体験をした。

いやホント勘弁してくれ。

【探知】のおかげでドアの向こうに凄腕執事が控えてるのが分かってるんだ。

後で何されるか分からないぞ俺……。

「はぁ……はぁ……いい？　今から教えるのは【武装解除】のスキルよ」

ひとしきり俺を叩《たた》いて満足したシエルが、ようやく教える気になってくれたらしい。

ジト目のままだが。

「今から私の服を徐々に脱がしてもらいます」

「えっ……」

「バカッ！　想像しないの！　これをやるから下着とかを見られないように準備してたのに！　このっ！」

また興奮状態に戻ってしまった。

「はぁ……はぁ……はぁ……」

「お疲れ」

「なんで私のほうが疲れててあんたは平然としてるのよっ！　……まあいいわ。この服はちょっと脱がしにくい構造だから、これを何回かやっていれば【武装解除】は覚えるわ」

「そんな簡単に……？」

「私のこの眼があってこそなんだから感謝しなさいよね！」

それは本当に感謝だ。

聞いた話じゃその人に合ったやり方じゃないとこんなあっさりとスキルは取得できないらしい。

で、今回はこれが合っていたという訳だ。

「よし、できた」

「あら。早かったわね……ってなんで!?　なんで全部脱がされてるの私!?」

「だめだったのか……」

脱がしにくい構造がどこまでか分からないから全部脱がした。

いやもちろん下着は残したよ？　残したんだけど……。

「うぅ……もうお嫁に行けない……」

「大丈夫。下着には触れてないから」

「なんで私の下着姿を見といてそんなあっけらかんとしてるのよっ！　もっとなんかないの！」

「そう言われても……」

「もうっ！　ほんとっ！　責任とってもらうからね……！」

そんなことを言いながら服を着る様子を眺めていると……。

「見るなぁあああああああ」

またぽこぽこと殴られてしまった。

それは良いんだけどその格好で暴れると色々見えそうだぞ、とは流石に口には出せなかった。


翌日。

コロシアムにはそれなりの人がいた。

王都の一大施設だけあり、貴族や王族も出入りはもともと多い場所ではある。

それでも国王自らやってくるのは珍しいようで、周囲はざわついていた。

というかよく次の日で都合がついたな……シエルが無茶を言っていないことを心から祈った。

「えっと……なるほど。普段の剣闘士たちの戦いの合間にイベントとして入れた訳か」

コロシアムは動物同士を戦わせたり、それを生業《なりわい》としている剣闘士たちの戦いを行い、その賭け金を主な収入源とする娯楽施設だった。

奴隷を戦わせるのは禁止されているので、剣闘士たちは皆、自ら望んでここにいることになる。

実力によって階級も分けられ、武器も刃は潰していたりと死なないように配慮はされているが、事故もつきまとう危険な仕事だ。

まあそれでも冒険者よりはマシだとこの仕事を選ぶ者も多くいる訳だ。

「で、なんで俺一人であいつらは三人なんだ」

「一人も三人も一緒じゃない」

「いや一緒じゃないだろ!?」

焦っていると何故かシエルに溜息を吐かれながらこう言われた。

「はぁ……あんた多分、前の人生?を意識しすぎてるのよ。【中級剣術】【探知】【武装解除】これだけあればあんなの三人くらい瞬殺よ。今後どうなるかは知らないけど、今の時点であの三人の力は大したことはない。あんたのその化け物のように広がった道と経験値のほうがよっぽど恐ろしいわ」

「いやでも、マーガスは魔法剣士だぞ？　ルイも魔法使いだし……俺、対抗呪文覚えてないのに……」

「要らないわよ！　というか本気で気付いてなかったのね……」

「何に……？」

頭を抱えながらシエルがこう言う。

「あんたの経験値、ちょっとだけもう使われてるの。そのときにステータスが上がってるから」

「え、いつの間に⁉」

「スキルを覚えるのと同時に引き出せるの。分かったらとっとと行ってきなさい！」

ドンッと突き飛ばされるように送り出された。

コロシアムの中央、マーガスと目が合う。

「悪いけどさ、レミル。俺はお前を殺してでも王女様に認めてもらう」

目が合ったマーガスは、もう俺のことは美味《おい》しい獲物くらいにしか見ていない顔をしていた。

その顔を見れば嫌でも思い出す。

一周前の、あのときの表情を。

「本当にレミルを倒すだけで認めてもらえるのかしら？　見栄えの良い魔法とか使ったほうがいいかしら？」

ルイも同じだった。

「私が前に出れば二人は攻撃に集中できるだろう」

アマンももう、俺のことは仲間として見ていない。

まあいいんだけどな。

そのほうが遠慮なくやれるから。

「それでは、エルトン王国の真の勇者の誕生をかけた決闘をここに開催します」

そういう名目だったのか。

マーガスは自分がそうだと言わんばかりに自信満々に笑っていた。

「それでは」

剣を構える。

「始め！」

三対一だ。しかも相手は魔法使いを抱えている。

できることなら一人、後衛を序盤に落としたい。

「させるかっ！」

――カキン

アマンの剣が俺の攻撃を弾《はじ》く……と、誰もが思っただろう。

俺の攻撃は【武装解除】のスキルを乗せていた。力量差がある程度なければ発動しないスキルだが……。

「何っ⁉」

アマンの剣は一撃で宙を舞った。

「おいアマン！　油断してんじゃねえぞ！」

「くそっ……だが私には鎧《よろい》がある！」

体当たりで俺を止めようとしたアマンに手を差し出す。

同じように【武装解除】を乗せて。

「なっ……」

俺が触れると、鎧は隙間からほつれていくようにして崩れていく。

そして、ズンと音を立てながら地面に突き刺さった。鎧ではなく、バラバラになった金属のパーツとして。

「馬鹿野郎。いくら相手がレミルだからって装備の手入れくらいしとけや！」

悪態を吐きながらマーガスが斬りかかってくる。

「なあレミル。俺はお前のことが心底憎い」

「知ってるよ」

「いいや、知らないね。俺はお前を殺したいほどに憎いんだから」

「だから知ってるって……」

実際に殺されたのだから。

会話をしながら剣を何合か打ち合うが、全く力負けしないことに驚いた。本当にシエルは俺のステータスを引き上げていたらしい。

気が逸《そ》れたのが分かったのか、マーガスの表情が怒りに染まった。

「知った気になってんじゃねえぞ！」

――ガキン

剣がぶつかり合うたび、マーガスの剣からは炎が舞う。

魔法剣士特有の属性剣だ。

「俺はな！　てめえみてえななり損ないの貴族が偉そうにしてんのが一番気に食わねえんだよ！」

「偉そうにしてたか……？」

「ああしてたね。お前は何でも俺たちと同じようにやってみせ、同じように行動しようとした。いいか？　俺たちは偉い。だがお前は違う。お前が俺たちと同じように動くのがもう、偉そうなんだよ。分かるか？　お前の頭でも？」

二重の意味でショックを受けていた。

もちろんこの言葉を受けてのショックも多少はある。

だがそれ以上に……。

「俺はこんな馬鹿のために七回も人生をかけたのか……？」

自分が情けない。

そしてショックで、腹立たしい……。

「何訳分かんねえこと言って……へ？」

「もういいよ」

【武装解除】を剣に乗せ、マーガスの剣を吹き飛ばした。

「おいおい。剣を吹き飛ばしたくらいで何勝った気に……」

手に炎を生み出しながら挑発するマーガスに、今度はこちらから斬りかかる。

「おいおい、そんな大ぶりで当たる訳ねえだろ！」

剣は空振り。これは別にいい……というよりわざとだ。

加減しても剣だと最悪殺してしまう心配があったのでそれは避《さ》けたのだ。


——代わりに。

「全くこれだから中途半端な雑魚《ざこ》は困――ぐぷっ⁉」

思いっきり腹を殴っておいた。

七周分の怒りを込めて。

「てめえ……ぐはっ⁉」

殴る。

「調子に……うっ……」

殴る。

「乗ってんじゃねえ！　げはっ⁉」

殴る。

「おい……うぐ……」

殴る。

「待……ぐはっ」

殴る。

「よし分かっ……かはっ……」

殴る。あらゆる場所を殴る。

「分かった！　また仲間にしてやる！　だから！」

腫れ上がった顔でそんなことを叫ぶマーガス。

「はぁ……」

「馬鹿め。隙ができたなっ！」

「とことん……クズだったんだな……」

「は……？」

マーガスの力のない拳を受け止めて、ルイのほうに突き飛ばす。

「きゃ!?　ちょっと!?」

「ああ、すまな……え？」

「きゃあああああああああああああ」

【武装解除】を乗せてあれだけ殴ったのだ。吹き飛んだ勢いで装備どころか下着すら残さずなくなっていた。

全裸になったマーガスが勢いよくルイに抱きついていた。

「いやっ！　来ないで！」

「落ち着けルイ！　待て！」

「いやああああああ！」

ルイがウブでこの手のハプニングに弱いことは分かっていたので、利用させてもらった。

ルイの極大魔法が仲間であるはずのマーガスを襲う。

「うぉおおおおおお！」

「アマンか……」

「なっ⁉」

マーガスとルイのやり取りに目を奪われていると、アマンがほとんど装備もない状態で突進してくる。

不意をついたつもりだったんだろうけど、【探知】がある俺には不意打ちは効かない。

鎧を失った簡素な服のまま、剣だけを拾って斬りかかってきたようだが……。

「アマン……ああなりたいのか？」

剣を受け止めて鍔迫《つばぜ》り合いに持ち込んで声をかけた。

裸でルイに抱きついた結果ルイの魔法でボロボロにされたマーガスを指しながら。

「くっ……」

剣を下げるアマン。

代わりにルイが詠唱を始めていた。

「はぁ……許さないわ……」

だが、前衛なしではルイは真価を発揮できない。

すぐに接近して杖《つえ》を吹き飛ばし、確認した。

「なっ⁉」

ルイが驚愕《きょうがく》に目を見開く。

「一応聞くけど、ここで全裸になりたいか？」

「っ！　なりたい訳ないでしょ！　ふざけないで！」

威勢よく叫んだもののルイは何もすることはできなかった。

三人が三人とも武器を失い、一人は仲間の攻撃で重傷。

色んな意味でボロボロだ。

当然判定も……。

「そこまで！　勝者、レミル！」

良かった。

本当に強くなってたんだな、俺。

「なんで……そんな馬鹿な……」

「私が……あんなやつに力負けした……だと？」

「許さない許さない許さない……」

三人はそれぞれ納得いかなそうに、でもその場から動けずにいる。

そんなコロシアムにずんずん進み出てきたのは……。

「お父様！　私はこいつをこの国の最高戦力に育て上げるわ」

シエルがコロシアムの中央に進み出て声を張り上げた。

「はぁ……どこで何をしていたかと思えば……このおてんば娘め……」

　その男が席から立ち上がった瞬間、周囲の人間が一斉にひれ伏した。

　言うまでもない、この国の王、アルケリス＝ヴィ＝エルトンだった。

「どこでそれほど優秀な者を見つけたのだ」

「落ちてたのよ。路地裏にね」

　人を野良犬みたいに言いやがって……。

　俺も頭を下げているせいで流石に話に入れないからツッコミも入れられなかった。

「まあ、一晩で私が育てたんだけど」

「ふむ……お前の眼から見て、本当にその者は……」

「剣聖、賢者、竜騎士……望むがままに」

「それほどか……まずはそのほう、面を上げよ」

　ようやく声がかかった。

「そなた、名は？」

「ウィルト騎士爵家のレミルと申します」

「ふむ……どこでそれほどのものを身に着けた……？」

「一晩で、姫様より……」

「良い。そんな話ではない。『尖った宝石』にあれだけのことを言わせる、その根源の部分を聞いておるのだ」

「それは……」

まさか七回死んだせいとも言えず言葉に詰まる。

「言えぬか。まあ良い。一度城へ来るが良い」

それだけ言って立ち去る国王。

場内に漂っていた緊張が解かれ、ようやくひと心地つけるようになった。

少し遅れてシエルが近づいてくる。

「やったじゃない」

「ああ……」

こんなにあっさり倒せるとは思っていなかった。

本当に【鑑定】様様だ。

「経験値を引き出したあんたは無敵よ。誰にも邪魔させない。安心しなさい。私が必ず、あんたを強くしてあげるわ」

力強く宣言するシエルに苦笑いをしながら、二人でコロシアムを後にした。

残された三人は誰にも触れられることもなく、ただ恥を晒《さら》し続けていた。

新たな人生

「ふむ……よく来たな」

王城、玉座に座る国王アルケリスの前に、俺は跪いていた。

周囲には大臣たち、近衛の騎士たちが立ち並び、物々しい空気をかもしだす。

そんな中放たれた王の第一声は、こちらとしてはかなり想定外のものだった。

「まずは……すまぬな。聞かずとも分かる。娘が迷惑をかけたであろう」

「なっ⁉　お父様⁉」

「全く……クロエがどれだけお前に困らされていると思っておるのだ……」

クロエはシエルの身の回りの世話をする侍従、言ってしまえば執事のようだった。あのとき壁の向こうで控えていた凄腕の使用人がこの人だ。

「して……あの場では話せんかったことも、ここでなら喋《しゃべ》れるのではないか？」

国王が尋ねているのは何故俺がシエルに認められたかだろう。

だがこれは……。

「あまりに突拍子もない話にて……」

「良い。話せ。横に最高の眼を持つ王家の人間がいるのだ。その前で話すことの真偽くらい分かる」

なるほどそうか。

様子をうかがえば周囲の人間もそのことには納得済みのようだった。

「それでは……私は過去、コロシアムで戦ったあの者たちと旅をして、裏切られ、死んでいます。七回分の人生で得た経験値が、姫様の目に留まった次第です」

王は静かに俺の言葉を聞いていたが、周囲がざわめいていた。

「馬鹿な……そのようなことが……」

「いやしかし……他ならぬシエル王女様がこのように……」

「では本当に……」

「だがだとしても、それほどまでに強いと言うのか？」

「あの戦いぶりを見なかったのか？」

「剣聖や賢者や竜騎士などというにはまだ……」

まあそうだろう。俺もそこは疑問だ。

「お父様」

シエルが話し始める。

「この男の持つ経験値は単純に計算してもおよそ通常の人間の七倍。王都騎士団長ですら、常人の二、三倍程度の経験値と考えれば、どれだけのものか伝わるかしら」

「なるほど……」

「それにこの男は剣術、魔法、そしてテイマーとしてのスキルツリーが広がってるわ。剣聖、賢者、竜騎士はどれも、夢物語じゃない」

「お前がそこまで言うか」

「ええ。必ずこの国の最高戦力に仕上げると約束するわ」

自信満々に告げるシエルに、周囲の人間と国王が静かにうなずいて考え込む。

「よかろう。この件はシエル、お前に任せる」

「ええ。任されたわ！」

謁見の間だというのに緊張感がいまいちないままに、ひとまずの目的は達成したようだった。

「して、お主を裏切ったというあの者たちだが……現時点で罪に問える罪状はないが、三対一の決闘で手も足も出ずに負けたという話は各家にとって大きな恥だ。それぞれに相応の報いはあるだろう」

「性根が腐ってるわ。それだけでも十分罪に問えるんじゃないかしら」

「まあそう言うな。だがそうだな……お主らは今後運命を共にするパーティー、いや将来国を背負って立つというのであれば、わしにとって家族も同然。もしやつらが何かしてくるようなら、そのときこそ逆賊の汚名がくだされる。各当主にはこの旨、重々伝えておこう」

それなら安心だろうか。

「ま、何かしてこようにも力量差がありすぎるわ。聞いた話じゃあのパーティーは過去七回の人生では勇者候補にまで上り詰めたそうだけど、多分この男の補助スキルなしには無理ね」

「ふむ。まあいずれにせよここで話せる話も今はここまでだろうな。シエル、一応聞くが王都でこの者を鍛えるか？」

「いいえ。絶対外に出したほうがいいわ」

「そう言うと思った。リムド」

「は……ここに」

王のすぐ側《そば》に控えていた老人が前に進み出た。

「二人に旅支度を。宝物庫から好きな装備を選ばせ、支度金を渡すように」

「かしこまりました」

「それでは、国のため励め」

「はっ」

何かとんでもないことをサラッと言っていたような気がするが、一旦これでお開きのようだ。

周りに倣《なら》って頭を下げておいた。


しばらくすると先程呼ばれていたリムドという老人が俺たちを呼びにやってきた。

「ふむ……精悍《せいかん》な顔つき、いかにも英雄にふさわしい」

「真に受けないでいいわよ。だいたい誰にでもこんな感じだから」

そんな話をしながら宝物庫にやってきたのだが……。

「手厳しいですなあ、姫様。さてさて、武器はこちら。防具は……今後前衛としてやられるか後ろに下がられるか……考えがいがありますなあ」

次々にきらびやかな装備が繰り出される。

というかこれ、いいのか……？

一個一個が俺の七回の人生で見たことないくらいの最高級品なんだが……。

「遠慮しないでいいわよ。こんなとこに眠らせてるより使ってあげたほうが喜ぶわ」

「その通りでございますなあ。作った身としても喜ばしい限りです」

「作った⁉」

「そうよ。リムド爺《じい》はドワーフ。先々代……私のひいおじいちゃんの代から王国に仕える鍛冶師で、今は……なんだったかしら？」

「財務卿《ざいむきょう》を仰せつかっております な」

「と、いう訳」

なるほど……。

王城にいるのだからみんなそれぞれすごい人なんだろうとは思うが、いきなり想定以上の話が出てきて戸惑うばかりだった。

「とはいえ全てを私が作った訳ではございませぬ。当然腕の立つ者は複数おりましたし、ダンジョンから出る魔道具など今の技術では作れぬものもございますゆえ」

「ま、気にせず選べばいいわ。個人的にはあんたには後衛をやって欲しいのよね」

「後衛か。何か理由があるのか？」

「もったいないから、ね。あんたの経験値とスキルを生かすなら多彩な技術を駆使できる後衛のほうがいい。ドラゴンライダーやりながら魔法で攻撃もできるわよあんたなら」

「おお……」

それは夢があるな。

俺の表情で乗り気になったことを判断したのか、リムドが宝物庫から装備品を集め出す。

「騎竜にて戦うとなれば身軽なほうがよろしいでしょう。軽く、魔法耐性も高いミスリルの装備をお勧めします」

「待て待て。ミスリルって幻の鉱石じゃないか！」

「人間にとってはそうかもしれませんな」

「リムド爺が何百年生きてると思ってるのよ。このくらいのものは当たり前に出してくるわよ」

「お褒めいただき光栄の至り」

さすが王族と言うべきだろうか……。

ミスリルなんて過去七度も経験した人生で一度も見たことはなかった。

「しっくり来るのがあったら勝手に持っていっていいわ。リムド爺、ちょうど良いから私の装備も一度見直すわ」

「かしこまりました」

そう言って二人とも奥に消える。

こちらが七度の生涯をかけても得られなかったような夢の装備が無数に広がる部屋に取り残さないで欲しい。

そわそわする。

「そもそもこんな装備に囲まれても良し悪《あ》しなんて……お？」

一つだけ、どうしても気になるものを見つけた。

「こんなものまであるのか……」

取り出したのは人のためには大きすぎる鉤爪《かぎづめ》の武具。

テイマーの従魔……王家ということなら竜のための装備だろうか。

他にも鎧や鞍《くら》など、騎竜用の装備がちらほら転がっている。

「あいつ、でかくなったら使えたりするかな……？」

まだ出会っていない最愛の相棒に想《おも》いを寄せる。

最後の記憶は……。

「思い出さないほうがいい……か」

死の間際、目の前で無残に殺されたあの姿。

猫型の魔物であることは分かっているが、その正体は結局俺の短い生涯では分からなかった生き物。

「キャトラ」

小さめの鉤爪であれば使えるシーンもあるかもしれないと思い吟味しているとリムドとシエルの二人が戻ってきた。

「あら、それが気になるということは……やっぱり竜騎士を目指すのかしら？」

「いや……まずは猫をテイムしたいんだけど、いいか？」

「は？」

呆《あき》れた表情を浮かべるシエルになんて説明するべきか頭を悩ませながら、宝物庫に佇《たたず》むことになった。


結局宝物庫では話がまとまらず、シエルが暴挙とも思える行動に出て城を出ることになった。

「なぁ……ほんとに良かったのか……」

「しつこいわね！　私がいいと言ったんだからいいの！」

キャトラのことで頭がいっぱいの俺はそれ以外に欲しい装備が思いつかなかったのだが、その様子を見かねたシエルが、あろうことか必要になりうるものを全て詰めさせたのだ。

かつて勇者が使った聖剣も、賢者が作った杖も、竜騎士用の鞍や鐙《あぶみ》の全サイズも、とにかくありとあらゆるものを全て詰め込んだ。

詰めたアイテムもすごい。

マジックバッグ。

魔法空間に物資を保存する超高級品。しかもその最大拡張とまで言われる、ある意味あの部屋で一番高価なアイテムに詰め込んできた。

今そのマジックバッグは俺の腰元に括《くく》り付けられている。

「俺が持ってるこいつとその中身で国が傾くと思うと怖い……」

「大丈夫よ。そのマジックバッグ、あんたが死んだら所有権は王家に戻る。そうなれば他の人間には使えないわ」

「そうは言ってもなぁ……」

殺さず利用する術などいくらでもあると考えると、より一層恐ろしさが増すというものだった。

「嫌なら早く強くなりなさい。それでなくとも時間が限られているのにこんな寄り道を……」

三年経てば危機に直面することは分かっている。シエルの言うことはもっともだった。

「それに関しては申し訳ないんだが……」

「本当よ」

そうは言いながらも付き合ってくれるのはシエルの良いところだな。

険しい山道を二人で進む。

草木を払って道を切り開くためだけに使われるミスリルの短剣という奇妙な光景に戸惑いながらも、その切れ味のおかげでだいぶ楽をさせてもらっていた。

それでもまあ、山道を進むのは時間がかかる。

「本当にここにいるんでしょうね。そのベヒーモスが」

「ああ……」

猫をテイムしたいと告げた後、シエルに言われてキャトラの特徴を話していったところ、驚いたことにキャトラはベヒーモスの幼体である可能性が浮上したのだ。

とはいえ三年では戦力としての期待は薄い。

そもそもベヒーモスの可能性があるとはいえ可能性でしかない話に賭けるくらいなら、その前にやることなんていくらでもある。そう言って俺以上に時間を気にするシエルはかなり渋ったんだが、それでもキャトラのことだけは認めてもらった。

まあ実際にもしキャトラがベヒーモスだったのならむしろシエルも喜びそうな気はしているん

だけど。

「どうせ竜騎士を目指すというのならここでテイマー向けのスキルを取得するのはいいのだけど……」

「ありがとう」

なんだかんだ言いながらも一緒に山道を進んでくれるシエルに感謝しながら道なき道を進む。

ベヒーモスの幼体――キャトラと出会うにはこのタイミングで、この森に入る必要がある。

そういえばこの森に初めて来たときは、まだあいつらもそんなに力がなくて苦戦したんだったか……。

今はもうどこでどんな魔物が出てくるかを大体把握しているから危険はないんだが、進むのが面倒なことは事実だった。

そして……。

「ようやく着いたのね……」

「ああ」

「というより……この遺跡、未開拓じゃない……こっちの情報を先に話すべきだったんじゃないかしら？」

「そうだったのか？」

呆れるシエルに若干申し訳ない気持ちが湧き起こるが今は先にやることがある。

隠されたようなダンジョン、そのすぐ横にキャトラは怪我《けが》をして眠っているはずだ。

「ミィ……」

「キャトラ！」

「ミ……？」

傷だらけで横たわっているキャトラ。

本来なら見知らぬ相手である人間がここまで近づけば逃げるんだろうが、もう逃げるどころか、威嚇する元気もない様子だ。

「驚いた……本当にベヒーモスじゃない」

シエルが目を見開く。

だが今はそれより……。

「ひどい状況ね……助かるの？」

「助ける」

しっかり覚えている。

キャトラとの出会いは毎回ここで行われてきた。

そして毎回、こいつの生命力に驚かされたんだ。

「傷の手当てと……消毒と……」

持ってきた治療道具を並べていると再びシエルが呆れた様子でこう言った。

「ねえ。回復魔法とか……なんならこの容態が分かっていたならポーションくらい持ってきていれば……」

「うっ……」

ぐうの音も出ない正論だった。

「ミィ……」

こころなしかキャトラのまなざしもジトッと睨みつけるようなものになった気がする。ないものは仕方ない。

結局看病は実に原始的な手段に頼ることになった。

シエルに突っ込まれながらも懸命に布を取り替え、水を運び、身体の汚れや熱を取り続ける。

そんなことをしているとふらっとシエルはどこかに消えていた。

「薄情なやつだな」

「ミィ……」

最初は弱々しく抵抗していたキャトラだったが、自分を助けようとしていることは伝わったようですっかり大人しくなっていた。

すぐに治る怪我ではない。前は確か、三日三晩ずっと隣にいてようやくといった様子だったはずだ。

その間パーティーメンバーは遺跡の調査とかで時間を潰してくれていたんだったか……。そういえば結局遺跡に何があったのか聞いてなかったな。

「ミィ……」

「大丈夫。お前は生きられるからな」

励ますようにキャトラに声をかけていると、いつの間にか戻ってきていたシエルが何かを差し出してきた。

「はい。これ使いなさい」

「これは……」

「この辺りで使えそうだった薬草類よ。錬金術も使えるんでしょ？　あんた」

「ああ……」

意外にも手助けをしてくれたシエルを驚いた表情で見ていると、顔を赤らめてこう言った。

「別にあんたたちのためじゃないわよ！　早くして欲しいから手伝っただけ、それだけよ」

「そうか。ありがとな」

「ふんっ！」

赤い顔のままそっぽを向くシエル。

分かりやすいやつだなと思いながら感謝しておいた。

そんなシエルの手助けのかいもあってか、キャトラはその日のうちに回復した。

いや普通ならそんなこと絶対できないんだが、シエルの適切な薬草の選択、俺の過去の人生で得た錬金術の知識、そしてキャトラの驚くべき生命力により起きた奇跡だった。


「改めて聞くけど……本当にこの子猫がベヒーモスなのか？」

「そうよ。私の鑑定に間違いはないもの。というか、鑑定云々《うんぬん》以前に生き物に詳しければ分かるかもしれないわね」

「そうなのか」

「ミィー」

甘えるように俺の頬を舐《な》めてくる姿は神話級の魔物、ベヒーモスだとは全くもって思えない。

だがシエルが言うのであれば間違いはないだろう。

「この子が覚醒すればドラゴンを超える戦力になるわ」

「すごいな……」

「ミー！」

どことなく誇らしげに鳴くキャトラが可愛い。

「でもまぁ、覚醒って何年も先だろ？」

「ミィー！」

俺は仮にキャトラがベヒーモスだったとしても、少なくとも三年後のあの日までに戦力になるとは考えていなかった。

だがシエルはその考えを真っ向から否定した。

「いいえ。ベヒーモス……というより魔物はそもそも年数に比例して大きくなる訳じゃないわ。強くなれば成長するの」

「強くなれば……」

「分かりやすいのはゴブリンね。あいつらほとんど大きさは固定されているでしょう？」

「そういえばそうだな……」

「生まれたてで力が弱いとゴブリンとして認識されないのよ。成長して初めてゴブリンはゴブリンだし、あれが何年経ったところで弱ければゴブリンはゴブリンのまま。でも、例外があるのを知っているでしょう？」

「ホブゴブリンか」

いわゆる進化というやつだ。

ゴブリンの中でも体格が大きく力が強い者をホブゴブリンと呼ぶ。種族の違いという認識だったが、これが魔物にとっての成長なのか。

「ホブゴブリンたりうる成長を遂げればホブゴブリンになるし、もっと強ければゴブリンキング、魔力が強くなればマジックゴブリン、剣を覚えればソードゴブリンってなるでしょう？　その子も今はほとんど猫と変わらないけれど、ベヒーモスたりうる成長をすれば、すぐにでもベヒーモスになる。それが覚醒ね」

「てことは……」

「さすがに一瞬でとは言わないけれど、私がいるのだから一年以内には強くなってもらうわ」

頼もしいシエルの発言に、まだキャトラは首を傾げるだけだった。

「それより、この未開拓ダンジョン攻略しましょうよ」

「ああ、そういえばここ、未開拓なんだったな……。でもあいつらが言うには何もなかったらしいぞ」

「あんたまだあいつらを信頼してるのかしら?」

「うっ……」

辛辣な言葉に傷ついているとペロペロとキャトラが慰めてくれる。

可愛い。

癒やされる。

「おそらく何かあるわ。それにこのダンジョンを踏破すればその子にも経験値が入る。ベヒーモスとして成長させるのにも丁度良いし」

「なるほど……」

ダンジョンは確かに最も効率的な経験値稼ぎの場になるだろう。

放っておいても魔物が湧いて出てくるからな。

もちろんそれは死ななければ、という大前提がつきまとうんだが……。

「まずあんたたちの育成方針を伝えるわ。これは自分でも分かっていたほうが効率が良いから」

シエルの説明を、近くの岩に座って大人しく聞くことにする。

キャトラも俺の膝の中に入ってきて一緒にシエルを見上げていた。

「まずあんたはこれから重点的にテイムのスキルを強化する。中でも【使い魔強化】と【能力吸収】の取得と強化を徹底してもらうわ」

「【使い魔強化】と【能力吸収】？」

どちらも聞き慣れない言葉だった。

「そもそもあんたは多分、テイム以外をスキルとして認識してこなかったでしょう？」

「ん？　テイマーってテイム以外にスキルがあるのか？」

「テイムの成功率、一人でテイムできる限界数、テイムした使い魔の力をどのくらい引き継ぐか、みたいな……テイマーとしての力量の差に関わるものがあるのは分かるでしょう？」

「ああ」

それはテイマーの基本だ。

テイムの熟練度が上がればそういった効果が得られるのだ。

「実際にはこれらはテイムのスキルに付随するサブスキルになっていて、それぞれにレベルがあるの」

「サブスキル……か」

「そう。それ単体では意味をなさないけれど、テイムを覚えている人間がそれを得るとテイマーとしての力量が上がる」

いまいち頭に入ってきていない俺の様子を見てシエルはこう言った。

【使い魔強化】はあんたが強くなった分使い魔が強くなるスキル。そして【能力吸収】は使い魔が強くなればあんたが強くなるスキル。まずは【使い魔強化】でこの子猫を強くして、この子がベヒーモスとして覚醒してからはあんたは何もしなくても勝手に強くなるようにするわけ」

「できるのか？　そんなこと」

「歴史上、ドラゴンテイマーは例外なく本体も強かったでしょう？　覚醒したベヒーモスは竜をも凌《しの》ぐ力を持つのだから、あんたもその程度にはなってもらわないと困るわ」

自信満々に告げるシエル。

何故かキャトラも誇らしげな表情で俺のほうを見上げていた。

「さて、早速だけどこのダンジョンを使ってこの子を強くしていくわよ」

「ミッ！」

シエルがキャトラのほうに手を伸ばしたがその手を払い除《の》けるように前足で叩かれていた。

「何よ、なんで反抗的なの……」

俺には膝の中でされるがままに撫《な》で回されてたんだけどな……。

「まあいいわ……ベヒーモスはスキルツリーが無限に広がっているのが特徴。どんな方向にも強くなれる。空を飛ぶ者から地面を潜る者まで様々なのはそのせいね」

「あれ？　個体ごとにそんな変わるもんなのか？」

「そうよ。ベヒーモスの生まれながらの共通点は人間並のスキルツリーの広がりと、人間以上のスキルの取得のしやすさだけ。あとは成長過程で全く別物になるわ」

そういえばあまり意識することはなかったが、種族によって成長の方向性が定まっている魔物や動物に対して、人間はなろうと思えば何にでもなれることが強みだと聞いたことがある。

シエルが言った剣聖、賢者、竜騎士なんてのも典型例だろう。それこそゴブリンがどんなに頑張ってもドラゴンライダーにはならないはずだしな。いやシエルみたいな鑑定のスペシャリストが指導すれば……？　まあそもそもゴブリンに指導も何もないな。

話を戻そう。

「じゃあキャトラはどういう方向で強くなるんだ？」

「ミー？」

俺の質問に合わせて首を傾げるキャトラ。

可愛い。

「そこはダンジョン次第で良いんじゃない？　むしろこの子がどうなりたいかによるけど……」

「ミッ」

何故かきゅっと俺に抱きつくキャトラ。

何を考えているか分からないなと思っているとシエルが溜息を吐いてこういった。

「分かりやすい子ね」

「え？」

「あんたの役に立てるならそれが良いって、そう言ってるのよ」

「ミー」

シエルの言葉を肯定するようにキャトラが鳴きながら身体を擦り寄せていた。


「じゃあダンジョンに入るけど、その前に周囲の魔物を十体テイムしてきて」

「十体か、何でもいいのか？」

「ええ。スライムでもゴブリンでも、何なら小鳥でもなんでもいいわ」

シエルがやれというなら何か意味があるんだろう。

にしても十体はそれなりに大変だ。

できれば負担が少なく、どこにでもいる相手で済ませたい。

「虫でもいいか？」

「いいわ。数が確保できればいいから」

「そうか。分かった」

一つだけ、シエルの狙いが分かったのだ。

【テイム】のスキルの拡張。

十体も同時にテイムするなんてこれまでの七周では経験がない。

何が起こるか少し期待しながら周囲の虫に狙いを定めた。

「【テイム】」

俺が手を掲げて唱えると、森の木々を縫うように何匹もの虫たちが集まってきた。

「えっ」

何故か驚いた顔でシエルがこちらを見ていた。

「どうしたんだ？」

シエルが何に驚いたのか分からない。

「あんた、【広域テイム】も【一斉テイム】も使えるなら先に言いなさいよ」

「虫くらいにしか使えないぞ？」

「いやそれでも……まあいいわ。これで一気にスキルツリーが広がった。それに思った以上にテイムしたおかげで【使い魔強化】も【能力吸収】も中級クラスまでは強化されたわね。喜びなさい。すでにあんた、並のテイマーじゃたどり着けない領域まできたわよ」

「そんな簡単に……？」

実感が湧かなすぎる……。

というより過去の人生との差を感じにくい。

「前まではできるのは分かっていてもわざわざ一斉にこれだけの数のテイムはしていなかったんじゃないかしら？」

「まあ、それはそうだな」

虫にしたって鳥にしたって二、三体が限度だった。

対して今やったのは指示通り十を超えて近くにいた二、三十体に一気に【テイム】を使ったのだ。

これまでのシエルとのやり取りと過去の俺の人生を振り返ると、スキルの強化や取得に必要なものは一定数の経験と、それを取得するための方法に関する知識ということになる。

俺の場合今は後者だけ満たせばいくらでも経験値はある、ということだった。

「もしかして今ので余計な経験値を消費しちゃったりしてないか……？」

「え？　ああ、そんな心配しなくていいわよ。あんたにどれだけ経験値が貯《た》まってると思ってるの」

それが分からないのが問題だった……。

「良い？　普通経験値っていつ貯まると思う？」

「いつ？　鍛えたり、何かを倒したときとかだよな？」

「そうね。でもおかしいと思わない？　身体を鍛えるだけならまだ分かるにしても、魔物を倒せば経験値が入る、なんて」

シエルに言われて改めて考える。

魔物を倒せば経験値になる、それが強くなるための方法だ。それは当たり前の常識で、これまで深く考えることもなかったが……。

「言われてみれば身体に何も変化はないな」

強いて言えば戦闘を通じて筋力が鍛えられたかどうか程度の問題のはず。

「そう。経験値というのがそもそも、身体を鍛えるよりも精神的な経験を重視するから、下手な鍛錬よりも魔物と実際に戦ったほうが強くなる、なんて言われるのよ」

「精神的な……」

「そしてそれは何も、勝たなければ身につかないというものではないわ」

「あ……」

シエルの言葉にハッとする。

「そうか……俺はこれまで七回も……」

「ええ、死の恐怖と向き合ってきた。その度に普通の人間なら対峙《たいじ》しただけで死ぬような化け物を相手にしてきた。最後は違ったにしても、少なく見積もってあんたの経験値は常人じゃあ一生かかっても得られないだけの精神的負荷をかけられて得たものよ」

「なるほど……」

王城でシエルが言った――俺の経験値は人の七倍以上というのは、大げさな謳《うた》い文句という訳ではなかったらしい。

むしろあれは分かりやすく七倍と言っただけで、実際にはそれ以上でもおかしくないんだろう。

「それに今回はこの子がベヒーモスである確信を持っている。これまでとは全然違うわ。自分で自覚していなくても、あんたの中のスキルは全く別物になっていく。これならもうドラゴンのテイムを目指してもいいくらいよ」

その言葉に抗議するようにキャトラが声を上げる。

「ミッ！」

「分かってるわよ。ライバルを増やしたくないならさっさと強くなりなさい。ダンジョンでは新しい種類を見かけるたびに一口でいいから食べなさい。ベヒーモスは食べた相手の能力を吸収できるから。そうすればあんたも自然と強くなるわ」

「ミー」

懐いてはいないが言うことは聞くつもりはあるようだ。

微妙な距離感だな……。

「あんたは経験値の心配なんてしなくてもいい。今ある経験値をしっかり使ってあんたを私が強くする。強くなりさえすればそれこそ、有り余るほどの経験値が得られるようになるわ」

頼もしい限りだった。

「その第一歩がこのダンジョン。土台は整ったわ。今回の目的はこの子の覚醒だから、あんたはなるべく手出しをしないこと。この子が強くなれば自分が勝手に強くなるということをしっかりその身に刻んでいれば問題ないわ」

「なるほど……？」

「役割分担は、このベヒーモスが前衛。私は全体の指揮。あんたは私の護衛ね。ダンジョンの攻略は基本的にこの子に任せなさい。この子が限界を迎えるまで進む」

「ミッ！」

「分かった」

【使い魔強化】と【能力吸収】。

これらのスキルがどれくらい使い物になるのかが重要ってことだな。

「頑張ろうな」

「ミー！」

キャトラを抱きかかえると可愛らしく鳴いて頬を擦り寄せてくれていた。

◆

「中は結構広いな……」

「あの間抜け三人組が時間潰しに使ってたんでしょう？　あんたが看病してる二、三日は潰せるくらいには広いのだから、それなりの規模でしょうね」

「まあそれもそうか」

俺は回復薬も何も持たずにキャトラのところに来た訳で、当然ながらダンジョン攻略の準備など全くしていなかった。

俺が看病している間にシエルは色々と準備を整えてくれていたらしい。

今も明かりを灯《とも》しているマジックアイテムは、シエルが取ってきた素材を俺が錬金術を使って作ったものだった。

「錬金術って便利よね。あんたに三年後何事も起こらないっていうならその道を究めるのをお勧めしてたくらいよ」

「まあ生きていくのには何も不自由しないだろうなぁ」

錬金術というのは本当に金になる。

これを覚えてからの人生は随分暮らしが豊かになったものだった。それこそパーティーが使う宿のランクが二つは上がるくらいには。

「ま、あんたはこの先三年を超えても苦労の連続だろうし、強くなるに越したことはないのだけど」

「ちょっと待て三年超えてもってどういう……」

「しっ……来たわ。初めての魔物よ。いけるかしら？」

気になる言葉があったがそれどころではなくなってしまった。

シエルがキャトラに確認する。

キャトラは身をかがめ小さく返事をした。

「ミッ！」

次の瞬間、暗闇からコウモリが襲いかかってくる。

身をかわした勢いのままキャトラが空中で姿勢を変えてコウモリを叩き落とす。

そしてシエルの指示通り、その身体の一部を食いちぎって飲み込んでいた。

「あれ？」

「気付いたかしら」

キャトラの背中に本当に小さな羽が生えたのだ。

それだけではない。俺自身何か身体が軽くなる感覚を覚えた。

「コウモリ程度が相手なら吸収できる能力はそのくらいよ。あとは普通に倒して構わないわ」

「ミッ！」

シエルの言葉に応えてキャトラがコウモリの群れに飛び込んでいく。

倒すたびにキャトラの背中の羽が大きくなり、俺の身体も軽くなっていく。

「これは……」

「ベヒーモスの持つ【スキルイーター】が発動してあの子がスキルの種を得る。その後戦闘の中で経験値が入りスキルも育つ。そして使い魔の力は術者であるあんたに還元されて、ステータスが向上する」

「それ……すごいスキルじゃないか？」

「覚醒したベヒーモスが何故ドラゴンより恐れられているか、少しは理解できたかしら？」

俺が思っていたよりもはるかに、キャトラの潜在能力は高いようだった。

と、それはいいんだが……。

「ただこれ……キリがないな……」

「そうね……」

倒しても倒しても湧いてくるコウモリの群れ。

キャトラも途中まで成長を実感していたが、もはや吸収する相手もいなくなってきた。

「俺がやるか」

「ミィー」

すぐにキャトラが俺のところに飛び込んでくる。

受け止めてやるとそのままするすると肩に登ってきた。

「いいな？」

「ええ。テイムのスキルを伸ばすには丁度いいじゃない」

「ああ……」

手をかざす。

飛び込んできたコウモリたちの群れに向けて意識を集中し……。

「【テイム】」

直線の通路にいる魔物たち全てに一斉にテイムをかけてみる。

その様子を見ていたシエルがこう言った。

「あんた……最初からテイマーやってたらもうちょっとマシな人生歩めたんじゃない？」

「俺もそんな気がしてきたよ」

確かに思っていた以上にうまくいった。

おそらくダンジョンに入る前に虫を使って練習していたのが効いたんだろう。【広域テイム】と【一斉テイム】がすんなりいったのを自分でも感じている。

「【鑑定】するわ」

導線上にいた全ての魔物のテイムに成功したのだ。

「ああ」

シエルが俺の身体を見ながら眼の色を切り替える。

今の俺の状態をこうして定期的に確認しながら方針を決めていくようだった。

そして……。

「思った以上ね……」

「どうなってるんだ？」

「もうほとんどテイマーとしてのスキルは解放されたわ。あとは強い使い魔を使役して、各スキルを伸ばしていくだけね」

「強い魔物か……やっぱり数だけ揃《そろ》えてもだめか」

虫やコウモリのテイムだけで強くなれるならと思ったが……。

「だめってことはないけど……効率が悪いわね。流石にテイムしたあと解放していかないとキャパシティにも限界があるし、そう考えると一体一体が強いほうがいい。あの子は一体であんたのキャパシティを限界にする気満々みたいだけど」

「なるほど」

「ミィ！」

自信満々に鳴きながらキャトラがこちらを見てくる。

実際キャパシティの問題を思えば、今のコウモリもテイムし続ける訳にもいかず一定の距離まで離れたら解放することになる。

キャトラが強くなればなるほど俺のキャパシティは圧迫されていく訳だが……。

「あんたがテイマーとしてのキャパシティを高めたり、他に強い魔物をテイムするのが先か、そんなこと許さないくらいあの子が強くなるのが先かね。どのみち強くはなれるから私はどちらでもいいのだけど」

「ミー！」

キャトラは確かにやる気満々だった。

「ま、今はキャトラがどんどん成長してくれてるのが嬉《うれ》しいよ」

「ミー」

肩に乗るキャトラを撫でてやると気持ちよさそうに鳴いていた。

「覚醒したベヒーモスの戦闘能力は相当なものだけど、あんたにその力が還元されるのが最大の強みだから。自動で強くなるためのベヒーモス育成よ」

「【能力吸収】か。普通にテイマーしてたときにはほとんど恩恵なんか感じなかったんだけどな」

「そりゃそうでしょう。ちょっと強い猫程度だったんだし、あんたは自分でスキルを伸ばしていなかったんだし。今回はまるで違うわ。期待してなさい」

胸を張るシエルが可愛らしくて思わずキャトラにやるように頭を撫でてしまう。

「なっ……何よ……」

「いや、つい……？」

「まあいいけれど……もっと優しく全体を手ぐしで通すようにやりなさい」

思いがけずお気に召されてしまったせいでしばらく撫でさせられていた。

対抗するように頭を押し付けるキャトラと交互に撫でながらダンジョンを進むというよく分からないことになったが、まあどちらも喜んでるようだし良いということにしておこう。

⚜

「階層ごとに色んな種類が現れるのか……」

「丁度良いじゃない」

「ミー！」

一階層はほとんどコウモリのような大したことのない魔物たちだったが、二階層に来て初めて魔物らしい魔物、ゴブリンの集団に遭遇した。

「ゴブリンを食ったら何が得られるんだろうな」

「羽がラッキーだったのよね。普通はそんなに役に立つものばかりじゃないわよ」

「そうなのか？」

話している間にキャトラがゴブリンの群れに飛び込みその肉を引きちぎっていた。

「今手に入れたのは棍棒《こんぼう》の扱いに関わるスキルだけど、あの子に意味はないからただステータスが少し強化されるだけのようね。それでも通常の経験値によるレベルアップより断然効率が良いのが【スキルイーター】の強みだけど」

「ほんとすごいな」

「言ってるじゃない。ベヒーモスを手懐《てなず》けたテイマーなんてほんと、歴史上でもどのくらいいるか分からないわよ」

「それは楽しみだ」

「まあ、覚醒しないと意味がないのだけど」

それもそうか。

今の見た目は羽の生えた猫。

どうやら羽は出し入れできるようで普通にしていると本当にただの子猫だ。

前回、俺が死ぬ直前に過ごしていたキャトラも猫にしては少し大きくなったなといった程度だったことを考えると、ベヒーモスと認識される前に死んでいる個体も結構いるんだろうな。

キャトラも俺が助けなかった過去のループでどうなっていたかは分からないし……。

「ミー！」

「あの様子で頑張ってくれたら大丈夫じゃないか？」

「さあ。どうかしら……って、ちゃんと確認しなさい。ゴブリンなんて種族ごとに一回ずつでいいわよ。あとは倒したほうが早いから」

そう言いながらもシエルは細かくキャトラに指示を出してくれていた。

ゴブリンは人間並、とは言わずとも様々な進化が可能な魔物だ。そのおかげでキャトラはどんどん強くなる。

「マジックゴブリン！　ラッキーね。あれはいくら食べてもいいわ」

シエルがそう指示を飛ばす。

俺が不思議そうにしているとシエルが捕足してくれた。

「マジックゴブリンは身につけている魔法の種類によって別の種族と言っていいほど違いが出るのよ。ほら」

現れたのは三体のマジックゴブリン。

確かに見た目からして三者三様。使う魔法もバラバラだった。

「ってこれ、キャトラだけじゃまずいだろ!?」

マジックゴブリンはCランク相当の魔物、並の冒険者がパーティーを組んでようやく倒せる相手だ。

それが群れになっているとあればさらに脅威は増す。

ほとんど子猫と言っていいキャトラでは対応できないかと思っていたが……。

「ミィー！」

心配するなと言わんばかりに鳴いたかと思えばすぐさま駆け出すキャトラ。

マジックゴブリンを守るように割り込んできたゴブリンたちに体当たりをした途端、ぶつかったゴブリンが周囲の仲間たちを巻き込んで吹き飛ぶ。

「おお……」

「ホブゴブリンのシールドバッシュを取得したみたいね」

「シールドも何も関係ないけど……」

「スキルなんてそんなもんよ。もう少し使いこなせば別のスキル名が出てくるかもね」

「そんなもんなのか」

順調に強くなっていくキャトラを眺めながら、たまに来る撃ち漏らしの対応をするだけという楽なダンジョン攻略が進んでいった。


「二回りくらい大きくなってないか？　キャトラ」

「ミー！」

肩に乗るのもギリギリになってきたんだが、それでも羽を使って無理やり俺の肩に登ってくるキャトラ。

「ステータスで言うと……もうBランク上位の魔物に見劣りしないわね」

「とんでもないな……」

Bランク上位って、その辺りで現れたらSランクパーティーを駆り出す事態にもなりかねない相手だぞ。

「まだまだ使いこなせていないけれど、それでもダンジョンの相手には苦戦しなかったわね」

「そうだな」

あれからいくつかの階層を進んできたが、基本的にはキャトラが自力で倒してくれていた。

「そろそろこの子なりの戦い方が学べる相手がいいと思っていたのだけど、このフロアはちょうど良さそうね」

「同じ猫か……?」

「アースタイガーね」

現れた魔物はキャトラより大きい……いやむしろ人と比較しても、立ち上がればこちらより大きな猫だった。

猫と言ってもその顔つきは獰猛で、身体もほとんど筋肉でできている。

一見して強いことが分かる相手だ。

「この子はステータスこそあれと同じくらいだけど、ここまでいびつな形で無理して強くなってるから、その力を全然使いこなせてはいない。アースタイガーの動きを盗めれば次のフロアに生かせるわね」

「そろそろボスも出てくるよな……？」

「そうね。このアースタイガーが門番かもしれないわね」

門番。

フロアボスへの道を阻む準ユニークモンスター。

目の前のそれは確かにそうと言われても不思議ではない風格を持っていた。

「俺じゃあ勝てそうにないぞ……」

「何を言ってるの。あんなのもうあんたなら瞬殺よ？」

「いやいや……」

冗談だと思って笑い飛ばそうとしたらシラけた目で見つめられた。

「え？　本気か？」

「はあ……あんたもうちょっと自分の力を分析できて欲しいわね。今のステータス、あの子が強くなってくれたおかげでダンジョンに入る前に比べれば三倍くらいになってるわよ。もう適当に剣振ってるだけで【上級剣術】のスキルまで取れるくらいよ」

「本当か？」

信じきれず握りしめていた剣を振り回してみる。

すると不思議なことに、これまでのでたらめな剣術など子どもの遊びだったのではと思うほどに、スムーズに剣が振れたのだ。

「これは……」

「はいおめでとう。【上級剣術】取得ね」

「そんなあっさり……」

「あと魔法も、マジックゴブリンたちのおかげで一通り使えるわよ。こっちは練度を高めないといけないけれど」

あっさり告げられた事実。

確かに意識してみると、魔力が身体を流れる感覚がより鮮明になったし、苦労して取得した各属性も今ならあっさり使えると身体が訴えかけてきていた。

「すごい……」

「これが能力吸収の強みね」

「これ、キャトラがベヒーモスに覚醒したらどうなるんだ？」

「単体でドラゴンくらいは倒せるわね」

「まじか……」

そうなれば……三年後に相まみえる化け物にも勝てるだろうか。

「私の育成方針は間違ってないでしょう？」

自信たっぷりでそう告げるシエルのドヤ顔が可愛かった。

「そうだな」

そんな話をしている間に、キャトラとアースタイガーの戦いは終わっていた。

五体いたというのに、文字通り瞬殺だった。

「ミィー」

「あっさりだったな」

アースタイガーと対峙したキャトラは、不思議なことに相手を睨みつけただけでその力の使い方をほとんど理解したらしい。

シエルも驚くほど簡単にアースタイガー五体を倒しきり、無事スキルイーターでステータスを強化していた。

スキルになるほどのものはなかったようだな。

「敵は大したことないけど、ようやくダンジョンらしい仕掛けを入れてきたわね」

アースタイガーはやはり門番の役割を担っていたらしい。

戦ったフロアを抜けるとすぐ、無数の鍵穴に埋め尽くされた部屋に出てきたのだ。

「これ……全部の鍵穴に鍵を持ってこないと開かないのか……？」

「そんな訳ないでしょ。ここまで一つでも鍵なんて落ちてるの見たかしら？」

「見てないな……」

確かにこれだけいくつも鍵穴があるなら一つくらいはそのへんで見つけていても不思議ではないな。

「じゃあ……」

「鍵穴は文字よ。そして鍵はその文字に対応した言葉……」

そう言ってシエルがさらに集中して鍵穴を睨みつける。

その目の色が金色に輝いていた。

「汝《なんじ》の求める供物を捧《ささ》げる」

シエルがそう呟いた途端……。

「うぉっ……」

部屋中の鍵穴が光を放ち、くるくるとデタラメに回転し始める。

俺たちの足場を含めてフロア全体が光りだしたかと思うと……。

「グォオオオオオオオオオオオオ」

獰猛な咆哮《ほうこう》がダンジョンごと周囲の空気を震わせ、一体の魔獣が姿を見せた。

「あれ……キャトラが大きくなったように見えるんだけど……」

要するに……。

「ベヒーモス……にはなれなかった魔物ね」

「なれなかった……？」

シエルが鑑定眼を使って相手の能力を分析する。

「あれも猫に近い魔物で、たまたまスキルイーターに似たスキルを持ってたみたいよ」

「スキルイーターに近い……か」

ベヒーモスではないことは分かったが、それでも脅威であることには変わりないということだろう。

「ベヒーモスになろうとして、なれなかった劣化版の魔物、名付けるならフェイクベヒーモス」

「強いんだよな？」

「危険度はアースタイガーの上、Aランクってところかしら。ベヒーモスの幼体と似てるけどあれで成体。それでもその自覚がないのか、食べればまだ強くなれると思ってるみたいね」

「それって……」

「襲ってくるわよ」

「グォオオオオオオオオオオ」

身を震わせる咆哮とともにフェイクベヒーモスが突進してくる。

直接の戦闘能力はないシエルだが、その眼で相手の動きを視《み》て躱《かわ》すことはできる。俺が心配するより早く身を躱した。

「キャトラ！」

「ミー！」

こちらの意図を瞬時に察したキャトラが俺の元に飛び込んでくる。

フェイクベヒーモスの突進は脅威だが、【上級剣術】を覚えた俺なら弾き返せる。

キャトラには俺の後ろに回ってもらおう。

「いいよな？　シエル」

ダンジョン内ではキャトラの成長優先、ということだったが、相手も相手だしボスくらい俺が自分で相手をしたいと思って確認する。

「そうね。いいわ、やっちゃって」

「ああ！」

剣を構えるとフェイクベヒーモスが咆哮を上げた。

「グルァオオオオオオオ」

「こうして対峙してみると、意外と大したことないな」

シエルにも自分の力をもう少し見極めるように言われたんだったか。

これなら確かに、弾き返すどころか……。

「倒せる」

迫りくるフェイクベヒーモスに向けて剣を三度振る。

【上級剣術】によりブレることなく繰り出された剣戟《けんげき》。

初撃はフェイクベヒーモスの身体を受け止めるために。

二撃目は頭をかち上げて弱点を晒すために。

そして……。

「ふんっ！」

最後の一撃でフェイクベヒーモスの首と胴は真っ二つに分かたれた。

「上出来ね。今日はここまでにしましょうか」

シエルの言葉から察するに、今のがダンジョンボスという訳でもないようだな。

「このダンジョン、まだあるってことか」

「そうね……もう少しすれば全貌も見えてくると思うけれど」

俺には何も分からないから、これも【鑑定】の力なんだろうな。

「ミー！」

フェイクベヒーモスを倒したことでまた一回り大きくなったキャトラ。

キャトラは大きくなってもやはり肩に乗りたいらしく、羽をパタパタさせながら俺の肩にしがみついていた。

可愛いけどいいのかそれで……。まあキャトラは嬉しそうにしてるからいいのか。

「じゃあここで休むか？」

「そうね。ちょうどこのフロアは快適だし、あのフェイクベヒーモス以外は魔物もいないようだし」

そう言いながらマジックバッグをいじりだすシエル。

中から出てきたのは……。

「え……ベッド……？」

「そうよ。快適に過ごせるならそれに越したことはないでしょう？」

それはそうだが限度がある気がする。

いやマジックバッグが便利すぎるから実現できているだけで、普通の冒険者は寝袋に身を包む。

色々な意味で規格外だった。

「毎回できる訳じゃないけれど、今回はちょうど場所もあるし。このベッド広いから一緒に寝てもいいわよ？」

「いやいやいやいや」

「一緒に過ごすのだから多少の接触やら不慮の事故は起こると思うのよね。だから私は気にしないようにするし、この先戦闘はあんたに任せきりだから疲れを取るべきなのはむしろそっちなのよ」

「そうは言っても……」

「ミッ！」

俺が何か言う前に威嚇するように頭に顔を乗せたキャトラが吠《ほ》える。

「あんたも一緒に寝ればいいじゃない」

「ミー！」

その言葉を受けてベッドに飛び込むキャトラ。

「あんたも来ないとこの子の機嫌が悪くなりそうね」

「ミッ」

逃げ場がなくなっていた。

「とりあえず飯にしよう！」

話を変えてごまかす。

「逃げたわね……」

「ミー」

こころなしかキャトラまでジト目で俺を睨んでいるように見えた。

確かにシエルの言う通り慣れておいたほうがいいのはいいんだろうけど……。シエルはこう、目的のためなら色々躊躇《ちゅうちょ》しなすぎるところがあるな……。

「まあいいわ。ああ、料理の前に錬金術もやってもらうわ。腕の見せどころね」

「そんな期待されるような……いやまあシエルがいればまた話が変わるか」

「そうよ。とりあえず今から言う通り調合を進めて」

マジックバッグから次々に出てくるのは……。

「ここまでで集めてた素材……？」

「ええ。あんたも見れば何に使うかは分かるでしょ？」

「何パターンかあるけど、全部強化剤か」

並んだ素材は森で取ってきたであろう薬草類や木の実、キノコなどと、道中で倒してきた魔物の内臓部位など。

いわゆるドーピング剤。

一時的に筋力や感情を昂《たか》ぶらせたり、頭を冴《さ》えさせたりすることができる。

「考えうる限りの全てを作ればあんたの錬金術師としての力はおそらく前回までの人生で経験したものまで戻るわ」

「そうなのか？」

「多分あんた、そもそも剣士とか魔術師より裏方やってるのが好きなんでしょうね。テイマーと錬金術師としての能力だけ上げやすいのよ」

なんとなく心当たりはあった。

あとは……。

俺の思いを継ぐようにシエルの言葉が続く。

「あとは、前衛として味方の動きを助けるのも得意なんでしょうね。でもこれはやるなら使い魔に任せたほうがいい。おおよそあんたの育成方針が決まってきたわね」

「今のところ剣が使えるテイマーか？」

「錬金術をただの便利スキルで済ませる手はないわ。錬金術とテイマー、そしてある程度戦えるというメリットを存分に生かす手段を考えるから、覚悟してついてきなさい」

頼もしいシエルの言葉。

しっかりついていこう。

「ま、その前にご飯だけど。ほら早く調合を終わらせて、そしたら多分上級調理スキルが取れるから」

「それ、要るのか？」

「要るわよ！　私は食事にはうるさいわよ」

なんだかんだと楽しみながら、二人と一匹で夕食を済ませて夜を迎えた。


ダンジョン攻略二日目。

「眠い……」

「高いベッドは合わなかったかしら？」

クスクス笑いながらこちらを見るシエル。

原因は分かってるはずだ。

「ミー」

キャトラにまで笑われているような気がする。

昨日は散々遊ばれた結果ろくに寝付けなかった。下着を見られたときにきゃーきゃー言っていたシエルが懐かしい。

「まあ良いじゃない。お手製ドリンクで疲れは感じないでしょう?」

「まあ……」

料理スキル取得のために作り続けさせられたポーションだが、できたものは実用性にも優れたものだ。

俺のスキルは本当に過去の人生を超えるものになっているようで、それまで作れなかった上級ポーション類をいくつも作れるようになった。

これだけドーピング剤ができればこれまでより三割増くらいで無茶が効くだろう。

「さて、六階層ね。十中八九あんたの元パーティーじゃたどり着いてない、正真正銘未開拓ダンジョンよ」

そもそもここまで来られたかも怪しいけれど、と付け加えるシエル。

まあ確かにそうだろう。あの頃の俺たち……いやあいつらにフェイクベヒーモスの対処ができたとは思えない。

「大まかにだけど、ダンジョンの傾向は分かってきたわ」

「そうなのか?」

「ええ。私の眼は便利なのよ」

流石は『国の宝』と評される最上級の鑑定眼保持者だ。

「分かったことは少なくとも三十層までは存在していること。十階層、二十階層、三十階層にそれぞれフロアボスが存在すること。私たちの今の力でたどり着けるのがおおよそ、十五から十九階層といったところかしら」

「割とオーソドックスなダンジョンってことか？」

「そうね。変則的に魔物が強くなったり、謎掛けが主体だったりしない、純粋に階層を重ねれば重ねるほど相手が強くなるダンジョンね。もちろん相性みたいなものもあるけれど」

「で、二十階層のボスは倒せないってことか」

「ええ。その子がベヒーモスとして覚醒したときが挑むときかしら」

「待て。だとしたら三十階層ってどんな化け物だ!?」

「分からないわ」

「分からない……」

そこで初めて気が付いた。

シエルの様子が少し、いつもと違うことに。

普段は自信に満ち溢《あふ》れて迷いなどないシエルの瞳に、少しだけ不安の色が浮かんでいるのだ。

「視《み》えないのよ……。もちろん距離の問題もある。でもそれだけじゃない。そもそも私の力は相手の能力やそれにまつわるものを見渡す能力なのに……三十階層以降は暗闇。多分だけど……大きすぎて私の力じゃ認識できない」

なんと声をかけるべきか迷っているとシエルのほうから話題を変えてくれた。

「ま、だから私の力も高めないといけないことは分かったし、このダンジョンは十階層までは行くわ。それ以降はまた今度にしましょう」

「ああ……でも大丈夫か？」

「十階層のボスが美味しいのよ。行かない手はないわ」

美味しいときたか。

まあ確かに良いスキルを持っている相手は今の俺たちにとっては美味しい相手と言えるだろう。


「ここまではあっさりか」

「そうじゃないと困るわよ」

ダンジョン十階層までは本当にすんなりたどり着いた。

六階層から九階層までは敵なしと言って良い状況だったからな。

「キャトラが強くなったおかげで俺が強くなってるのが分かる……」

「良いダンジョンだったわね。どう？　過去七周はもう超えたんじゃないかしら？」

「本当にそうかもしれない……」

ステータスやスキルの変化は自分ではおぼろげにしか分からない。

だがそれが、シエルのおかげでほとんど数値化されていると言っていいほど明確な基準が生まれているのだ。

本来ならそんな基準は存在しない。

なので以前の人生での基準など不確かなものでしかないのだが、その上で現在の成長スピードが異常だということだけは分かった。

「取得したスキルはこれで十を超えたわね。ステータスもBランク冒険者の上位。あとはあんたが慣れることだけど……残念ながらまだまだあの子に譲ってもらわないとね」

「ちなみにキャトラはどのくらい強くなったんだ……？」

すでに姿形は猫と言うには無理があるほどのサイズ、筋量、そして羽やツノなどの異形。

あれはもう、ベヒーモスの幼体としてその存在をアピールするに至っているだろう。

ただそれでも相変わらず「ミー」と鳴いて俺に乗ろうとしてくるんだけど……。見るに見かねたシエルの指導のおかげで、いまは元の猫の状態も取れるスキルを身に着けてくれたから随分俺の肩は楽になっていた。

「そうね……。Aランク中位までは来たかしら？　でも実際にAランクパーティーを相手するにはまだ足りないわ」

「それは経験がってことか？」

「それもあるけれど、あんたもあの子も器用貧乏なのよ。借り物の力を継ぎ接《は》いでいるだけだから」

シエルの言う通り、確かにでたらめにスキルやステータスを取得し続けている。

「本来あれだけ強くなった魔物なら、一点突破で事態を解決する手段を持つ。でもあの子にはそれがない。だから格下には勝てても、格上には絶対に勝てない」

「じゃあその武器を……？」

「いいえ」

俺の言葉はシエルに遮られる。

「どうせなら器用貧乏を突き詰めてもらうわ。元々格上となんか戦わないでいいならそれに越したことはないのだから」

「そりゃそうか……」

「一点突破の能力が相手と嚙《か》み合わなければどのみち死ぬというのを見過ごす訳にはいかないわ。だからあんたとあの子には、何が来ても対処できるくらいになってもらう」

自信たっぷりにそう語るシエル。

そう簡単ではない、むしろ不可能と笑われておかしくないその言葉だが、俺には全面的に信じられる言葉だった。

「そもそもキャトラを強くしようなんて考えもしなかったからな」

最後まで俺が守らないと、と思い込んでいたくらいだ。

今の姿を見ればその選択がベストではなかったことは分かる。

「ミー!」

「まだまだこんなもんじゃないわよ?」

シエルが不敵に笑う。

こんなもんではないのは伝承で語り継がれるベヒーモスを思えば理解できるが、シエルの表情はそれ以上の何かを含んだようだった。

「ベヒーモスは他の魔物たちと比べても圧倒的な力を持っているわ」

「それはそうだろう……?」

ドラゴンを上回る危険度の魔物なんだから。

意図が分からず混乱する俺にシエルが説明を加える。

「魔物というのは、圧倒的な強さを前にすると服従の意を示すのよ。ちょうどあんたがあの子をテイムしたのと同じように」

「ゴブリンキングとかはそうやって勢力を広げるよな……でもそれが……って、まさか……?」

「そう。この先あの子は魔物たちを統《す》べる王として君臨していく。あんたはその傘下に入った魔物からも【能力吸収】の恩恵を得る」

「二年。それだけあればあんたはそうね……言ってしまえば魔王になれるわ」

「それって……」

——魔王

魔物を統べる王をそう呼ぶのならそうだろう。

本来はベヒーモスが魔王として君臨するところが、おまけのようにその上に俺が乗っかっていることになるので、どうにも不格好な感じだが。

「まあもちろん魔王として国に連れて帰るわけにはいかないけれど、そのくらいの強さを得られるわね」

「実感がないけど恐ろしい話だな……」

「嫌でも実感は身につけてもらうけれど」

そう笑いながらシエルが言う。

「私の自由のために、あんたには強くなってもらわないといけないのだから」

尖った宝石。

国家の宝でありながら誰もその手綱を引けなかった王女の本性を垣間見《かいまみ》た気がした。

「ところであんた、この子を助けたあとってこれまでの人生じゃ何してたのかしら？」

「あー……」

記憶をたどる。

確か……あ！

「マーガスのとこの領主と戦争がある」

割と重要なイベントを忘れていた。

「へえ。面白いじゃない」

不敵に笑うシエルに詳しく説明していくことにした。

マーガスは俺たちのパーティーリーダー。

アルカス伯爵家の四男だ。

アルカス伯爵家は国の西側に領地を構えており、マーガスの兄、次男、三男までは領地で仕事が与えられていた。

「マーガスはほとんど追い出される形で冒険者になった。ただその力は、俺の見立てでは長兄を含め上三人を足しても到達しないだけのポテンシャルがあったと思うよ」

「あんなことがあったのに随分優しいのね」

「なんでだろうな」

自分でも不思議だ。

記憶がごちゃごちゃになって、あの三人に対する感情はぐちゃぐちゃだった。

だが間違いなく和解の道がないことだけは分かる。俺自身、目の前でキャトラを殺したあいつらを許すつもりもない。

「でも、思い出に罪はないからな」

「なるほど。確かにそうね」

シエルが笑う。

「私の眼は未来をも見通すと言われてるけど、あんたは過去を見られるのが強みなんだから、邪険にする必要はないわ」

「そうか……」

「良いんじゃない？　なんかあんたらしいわ」

やはりシエルは笑っていた。

望まぬ帰郷

「馬鹿者が！　貴様よくのこのこと帰ってこられたな！」

「ぐっ……」

アルカス領、領主の館に怒声と拳が飛ぶ。

「申し訳ありません……父上……」

「本当にとんでもないことをしでかしおって！　御前試合で三対一、相手はただの田舎者というのに手も足も出ず……だと？　ふざけるのも大概にしろ！」

「ですが……」

「言い訳をするな！」

「がはっ……」

領主アルカスの拳が容赦なくマーガスに打ち付けられていた。

「そも、相手にはあの尖った宝石が付いていたというではないか！　何故王家に歯向かうような真似《まね》をした！」

「あれはっ！　あの場で勝てば私がその名誉を受けられると……」

「それがこのザマか！」

返す言葉もなくマーガスがうつむいた。

家を出たマーガスは鍛錬を重ね、信頼に足る仲間と、役に立つ奴隷を手に入れ、順風満帆な生活をようやく迎えようとしていた。

その矢先の出来事だった。

「まさかあの男が……ただの雑用係だったはずのあれがあんなにも……」

「当然だろう！　物を知らぬ馬鹿者めが！　尖った宝石は人の身でありながら国宝なのだ。そのことを深く考えなかったのか！　一体どうすればここまで間抜けになれるのか……お前など家を出さず殺しておくべきだった……！」

実の父から飛び出した言葉にマーガスは歯嚙みする。

だが言葉を発することは許されなかった。

「尖った宝石……あの鑑定眼にかかれば、そのへんの農民でも数日あればスキルを得るほどの的確な指示ができるという……その力はこれまで王都騎士団をはじめ国内戦力のために当てられていたのだ。それがたった一人の田舎者のためにだけ使われる……？　国益を損なう事態……勝負を受けてしまったのならお前はなんとしてもあそこでそれを止めねばならなかったのだ！」

その言葉を受けてようやくマーガスは理解した。

あのとき自分が負けた理由を。

いや、その理解は正しいものではないのだが、歪んだマーガスの感情はその一念に支配される。

「だからあの男は、突然強く……」

「もはやお前の失態は家の名に泥を塗った程度で済まされるものではない。汚名をそそぐ機会を得られなければ、この家も……」

「そんなっ！」

「それだけのことをお前はしたのだ！　この馬鹿者が！」

マーガスは貴族家の四男。

我慢する場面が多く、領地に役職を与えられず、不遇な人生を送ってきた。

そう、本人は考えている。

だが実態は違う。

年の離れた四男として可愛がられ、甘やかされ、家で唯一の自由を与えられた存在なのだ。

与えられたものに気付く様子などなく、不平不満を撒《ま》き散らし続けたマーガスには気付くことのない話だが……。

だからこそ甘えきったマーガスの思考は、事態を深刻に捉えてはいない。

どうせ誰かが助けてくれる。

領地に戻れば力を持った父がレミルに制裁を加えてくれると、そう信じて実家に戻った。

「一体どうすれば……」

兄や館中の人間に哀れむような目を向けられ、父に殴られ、そしてようやく、直接的な言葉をもってして自覚したのだ。

自分のしでかしたことの重大さを。

「何。国の宝がいつまでもどこの馬の骨とも知れぬ男につきっきりというのは良くはない」

ニヤリとアルカスが笑う。

その表情を見てマーガスは安堵《あんど》する。父のその顔は、自分を許したと同時に、打つ手があることを示していたから。

「取り戻せ。国に、あの宝を」

「取り戻す……」

「だが簡単ではない。その前にやることもある」

「やること……?」

「ただ取り返したところで我が家へ大きな利はもたらされぬ。まずは私が王都に進出する。そのうえで王女を取り戻し、今度こそお前の力に変えろ」

「では……！」

「しばらくこの地で鍛え直せ。その間抜けた頭も一緒にな！」

「はっ……」

許されたことと、この地でやるべきことを見つけたおかげで前を向いたマーガスが勢いよく返事をする。

もはや取り返しなどつく場所にいないどころか、より悪い方向へ自ら進もうとしていることにはまるで気付く様子もなかった。

もっともそれは、息子と同じ過ちを犯そうとしているにもかかわらず、自分ならうまくやれると信じてやまない父、アルカス伯爵もまた、同じことだった。

全属性適性

ダンジョンの攻略は一時休憩となっていた。

九階層を抜けた時点で出てくる魔物はいなくなっており、あからさまなフロアボスの間だけが目の前にある。

その扉を開けるまではこうして休憩がてら話をする余裕もあるという訳で、俺はこれから起こるマーガスの家が起こす戦争の話をシエルにしていた。

「アルカス伯爵……マーガスの父は野心家でな。隙あらば王都への進出を目指していた」

「まあ王家でも良くも悪くも話題に上がっていたわね、そういえば」

「事あるごとに王都の大臣たちに金品を贈り込んでいたらしいからな」

「出世のためとはいえ、愚かね」

そう。

シエルの言葉通り、アルカス伯爵は愚かだった。

誰彼構わず金を配る姿勢は、味方を増やすだけでなく、要らぬ敵も増やす。

「仕掛けたのは?」

「ギッテル伯爵。王都でえっと……」

「ロ－ステル法務卿派の貴族ね」

「そうそう」

その辺りはシエルのほうが詳しいか。

「じゃあ あとは説明しなくてもだいたい想像がつく話だと思うけど……」

俺の言葉に少しだけ考え込んだシエルが予想を伝えてくる。

「派閥争いで経済的に追い詰めていた相手に支援したアルカスに対してギッテルが何かした、といったところかしら」

「ああ。実際のところは正直俺たちはよく分かってなかったんだけどな。とにかく色々あって、攻め込んだのはアルカス家側からだった。アルカス伯爵は兵を挙げてギッテル伯爵領に向かった」

「で、お父さんのために奮闘したの？」

「いや……マーガスはこれを出世のチャンスと見てあっさり父を見限った」

「なるほど……」

実際効果は覿面《てきめん》だった。

王都でも最も影響力を持つと言って良いローステル法務卿派、ギッテル伯爵の信頼を得たマーガス。

ここから一気に出世街道に乗ったんだ。

「でも今回はそういかなそうね」

「まあすでに領地に戻されてるからな……今更ギッテル伯爵につく理由もないし、いくらなんでも突っぱねられるだろうから……」

このタイミングで出てきたらそれはもう「自分はスパイです」と言っているようなもんだ。

「図らずもこれであいつらの出世の芽を摘んだ訳ね」

「そうなる……ただ……」

「いずれにしても兵を挙げてくる可能性が高い上に、前回活躍を見せた存在が今度は敵にいる、と」

「ああ」

そうなってくるともう、どんな結果が生まれるかなど分からなかった。

「良いじゃない」

シエルが笑う。

「ここで完膚なきまでに叩き潰しましょ」

そう言ったシエルはここ最近で一番良い笑顔をしていた。

「マーガスと戦い、か」

「一回勝ってるんだし問題はないでしょう？」

「まあ……」

ただ正直不安はある。

やはり七回も、勇者候補にまで成り上がったマーガスを見ていた身としては、強いマーガスの印象が拭い去れないのだ。

「大丈夫よ」

シエルが言う。

「あんなのが強くなるより遥《はる》かに早く、私があんたを強くしてあげるから」

「それは頼もしいな」

シエルが立ち上がる。

「さてと、じゃあとりあえずこの階層だけはクリアして戻りましょうか」

未開拓ダンジョン第十階層。

フロアボスの部屋以外は何もないということは、それだけボスが強敵であることを表している。

五階層のときのような門番もギミックもない、シンプルな力比べのための階層だった。

「何が出てくるかは分かってるのか？」

「もちろん。だから美味しいと言ったのよ」

シエルがドヤ顔で続ける。

「マジックゴブリンがいたでしょ？　あれの強化版みたいな相手だと思えばいいわ」

「強化版……」

マジックゴブリンは名前の通り魔法を扱うゴブリン。

それぞれ拾い物であろう杖やマントを羽織っていることからゴブリンとの区別がつきやすい。

大体使える属性は一匹につき一つで、なんとなく見た目の色味が属性を表していることも多い。

それの強化版と言うと……。

「マジックキャップ。ゴブリンを小型にして狡猾《こうかつ》にして、とんがり帽子とマントを羽織らせた感じかしら」

「それがマジックキャップ？」

「ええ。属性は一匹一つ。ゴブリンよりも多様な魔法を扱うし、動きが素早い」

「なるほど」

「だからほら、美味しいでしょ？」

シエルがニヤッと口元を歪める。

「【スキルイーター】と【能力吸収】であんたたちは全属性の魔法を得る」

「全属性……」

火、水、風、土、光、闇。

これらの六属性はそれぞれ相性が存在する。

普通の魔法使いは一種類か二種類使えれば上等。三種類使える魔法使いは上位とされ、国のお抱えになるケースもある。

それ以上になると、属性が相反するため取得が困難と言われ、その壁を打ち破った者を人は……賢者と呼ぶ。

「全属性の魔法に適性があるなんて、歴代でも数える程度よ。それこそ、賢者の中でも上位よね」

「普通相反する属性の取得ってできないんじゃ……」

「あんたは裏技で取得するから関係ないわ。そして魔法は一度コツを摑めば自由に使える。戦争の前に練度を高めて三属性複合魔法を覚えれば、戦地でそれを見せびらかしただけで相手は散り散りよ」

「三属性複合魔法……確かにそんなの見せられたら傭兵《ようへい》は逃げるな……」

「ええ。まあまずは初級でいいから全属性を使える状態にする。ここでね」

簡単に言ってのけるシエル。

「たった十階層だったけど、これでかなり強化できたわね」

「やりすぎなくらいだな……」

「ふふ。まああって困るものじゃないわ」

上級剣術、全属性魔法、上級錬金術、そしてベヒーモスのテイマー。

シエルが言った、剣聖、賢者、竜騎士……。雲の上の存在だったそれらの幻の職が、現実味を帯びてきていた。

「まあ、属性適性だけあっても仕方ないし、そもそもまだ取得前。気合い入れて行きなさい！」

「ああ！」

「ミー！」

シエルの掛け声に合わせてフロアボスの扉を開ける。

「ミッ！」

「いきなりか⁉」

身軽で素早い何者かが部屋に入ったばかりの俺たちに襲いかかる。

慌てて応戦したが、こいつら速いだけで防御力が思った以上にない。それに気付いたのとほとんど同時に、シエルの注意が飛んだ。

「レミル！　あんたが倒しちゃだめよ！」

「分かってる！」

なんとか剣を鞘《さや》に入れたまま相手を突き飛ばし距離を置く。

その間にキャトラが二体のマジックキャップを食い破っていた。

スキルイーターは死体食いより自分で倒すことで効果が高まるらしい。こういう絶対に奪い取りたいスキルの場合はなるべくキャトラが動いたほうが良いのだ。

「今のが光属性と闇属性の使い手だった訳か」

キャトラの【スキルイーター】が発動し、俺にも【能力吸収】の効果で実感として伝わる。

「当たりを引いたわね」

「どうせ全部行くんだろ？」

順番は関係ないんじゃないかと思ったが……。

「今この状況で一番欲しかったのはそれよ。まず薄暗くて相手有利のこのフロアを光属性が照らせる。そしてデバフ魔法に特化している闇魔法はあんたが倒さずに援護するために一番向いてる属性よ！」

「それもそうか……って、俺使い方なんて知らないぞ!?」

今得たのは各属性の適性だけだ。

「念じなさい！　適性を得たあんたなら、その魔法でできるたいがいのことは思うだけでこなせるわ！」

姿を見せないマジックキャップのヒットアンドアウェイをなんとか躱しながら、シエルの言葉通り祈るように念じた。

「明かりを！」

その瞬間、薄暗いフロアに光がもたらされた。

「これが光魔法……」

「初歩の初歩だけどね。やるじゃない！　さあ残り四匹！」

「【スロウ】！」

「そう！　それが闇魔法のデバフ！　良いじゃない」

あまり良い思い出のない魔法だったが、知ってるもののほうがイメージはしやすい。

七週目に殺されるとき、ルイが使っていた魔法だ。

……あのとき俺を殺すために使った魔法だ。まあ今は良い。

「キャトラ！　頼むぞ！」

「ミー！」

掛け声に応じたキャトラが縦横無尽にフロアを駆け巡る。

あっという間に残りのマジックキャップを蹴散らし……。

「これで、攻略か？」

「隠し玉がなければね……っと、大丈夫そうよ」

入り口しかなかった部屋に突然、もう一つの扉が現れる。

フロアボスを攻略したのだ。

「おめでとう。十階層クリアね」

シエルが笑った。

フロアボスだけあってここまでの道のりよりは手こずった気がする。それまではキャトラが一瞬で処理していたおかげで俺とシエルは後ろをついて歩くだけみたいなものだったからな。

というわけで久しぶりの戦闘だったわけだが、休む間もなくシエルがこう続けた。

「よし！　じゃあ全属性の基本魔法を一通り教えるわ。それで身体に定着させなさい。あんたもよ？」

「ミー」

戦いが終わってすぐだというのにキャトラはやる気満々だった。

俺もまあ、新しい魔法が使えるのは嬉しい。

「あんた今まで魔法使いやってたときは何してたの？」

「基本的には火属性が得意だった。やろうと思えば回復のために光属性を使ったときもあったけど……」

「まああんたは魔法使いでいくタイプじゃないわよね」

シエルの言葉通り、魔法使いをやってたときが一番役に立たなかった気がする。

パーティーには後に賢者候補に挙げられる魔法使いのルイがいた。

火属性、闇属性、そして土と風の相反する属性を扱う、四属性の使い手だ。あのまま順調にいけば全属性を使いこなすのもそう遠くないと言われていたしな。

「まあいいわ。とにかくあんたたちは魔法適性を得た。それがあれば初級魔法は念じるだけで使える。感覚は覚えたでしょ？」

「一応……」

「あとは繰り返し使っていけばあんたの場合は経験値が勝手に魔法を強化するし、そっちの子は多分、ほっといてもどんどん強化されるわね」

さすがはベヒーモスだな……。

キャトラを見ると機嫌良さそうに「ミー！」と鳴いている。

そのまま俺たちは魔法の訓練を受けることになった。

「火属性。ファイアボールでもなんでもいいわ。とにかく火を出しなさい」

「ミッ！」

「こうか？」

指示通りイメージを思い描くと、その通りに魔法が放たれていた。

火属性は過去の人生では使いこなしていたはずなんだけど、どうも勝手が変わるな。

キャトラのほうは圧縮された炎の塊がダンジョンの壁を焦がす勢いで放出されている。

「良いわ。同じ要領で水」

「ミー！」

「ウォーターボール」

「風」

「エアカッター」

この調子で一旦全属性の魔法を身体で覚える。

と、そこまでやってようやく気付いたんだが……。

「あれ？　シエル、見本で全部使えてなかったか？」

「初級魔法くらいはね」

「それって……」

シエルも賢者クラスということにならないか……？

「あんた。私をちょっと視えるだけの便利な女と思ってたわね？」

「いやいや……」

そこまでは思ってない。

「心配しなくても今後も足手まといになる気はないわよ。戦闘は任せると言ったのはあんたたちを戦わせるためだけの方便よ」

「そこまでしなくても俺たちで戦ったぞ？」

「いいえ。あんたは私が戦えるのを知ったら手を抜いた。周りにいる人間を守るためくらいじゃないと力を発揮しないタイプでしょ」

言われてみればそうかもしれない。

自分でも気付かないところまで見透かされているような、不思議な気分だった。

「さ、フロアボスを片付けたから帰りは楽ね」

シエルがそう言いながら現れた扉に手をかける。

ダンジョンは一定の周期でこうして、転移魔法陣の効果がある扉が現れる。

基本的にはフロアボスを倒したところで出てくるんだが……。

「罠《わな》だとまずくないか？」

「私を誰だと思ってるの」

青緑色に輝く鑑定眼を見せながらシエルが言う。

そうか、もう毒やらトラップやらに怯《おび》える必要のないパーティーなんだな、俺たち。

フロアボスを倒して油断したところで転移トラップなんてのは、ダンジョンで初心者が陥る失敗パターンの定石なんだが、シエルが開いた扉は当然、無事外に繋がっていた。

戦争の準備

「これはこれは……まさか王女様が直々に来られるとは……」

ダンジョン攻略を終えてすぐ、俺は何故か貴族の屋敷に迎え入れられていた。

「こちらが噂《うわさ》の……勇者殿、で良かったのですかな？」

こちらを見てそんなことを言うのはこの屋敷の主人、ギッテル伯爵。

背は低いが肉はついている、冒険者にはあまり見ない体型のおじさんだった。身なりが良いから一目でただ者ではないとは分かるんだが。

過去のループではこういったやりとりはマーガスたちがやって、下級貴族出身の俺は荷物番というケースが多かったから見たことはあっても実際に話すのは初めてだった。

「勇者は勘弁してください……ギッテル伯爵」

「はは。ですがすでに相当な実力を有しておられると聞き及んでおりますぞ」

朗らかに笑う姿を見ると人が良いことは伝わってきた。

「今はまだ、といったところかしら。で、早速だけど本題よ。ギッテル伯」

「ええ、ええ。どうやらきな臭い動きがあるようで……聞けばお二人に楯突《たてつ》いたあのアルカス領の……」

流石に情報を集めているギッテル伯爵がその情報を披露しようとしたが、制するように短くシエルがこう言った。

「戦争になるわ」

「え……？」

その言葉に二の句が継げなくなるギッテル伯爵。

目を丸くしてシエルを見ていた。

だがシエルの様子を見て、すっと落ち着いた表情に戻り、こう尋ねてきた。

「それは……その眼に基づく予言でございますか？」

「いいえ。でも必ず」

「なるほど……心当たりがないといえば嘘になりますからなぁ」

あっけらかんと笑ってそう言う。

やはり貴族というのは冒険者とは違う強さがあるな……。なんというか……余裕がある。

「では準備をせねばなりませんが……どこまでご助言いただけるので？」

「助言はここまで。でも戦力を投入してあげるわ」

「ほう。では我々が官軍ですな。規模はどの程度……？　王家の軍となれば数百からでも大きな意味を持ちますが……」

「一人と一匹ね」

「え……？」

再び目を丸くするギッテル伯爵。

「して……それはまさか……」

ゆっくりとギッテル伯爵の首がこちらに向いてきて……目が合った。

「勇者が援軍なんて心強いでしょ？」

「今はまだとおっしゃられて……」

「まあいいじゃない。強いわよ。私が千の兵を連れてくるよりは断然にね」

「そこまでですか……」

訝しげだったその目が期待に変わるのを見た。

「待て待て。千人分も働けないぞ!?」

「働くのよ。とにかく情報は伝えたわ。私たちはことが起きたくらいにまた来るから。ああ一人と一匹とは言ったけれど、うまくいけば増援も見込めるわ」

「増援……？」

「テイマーなのよ、この勇者は。ま、あとはなるようになるから」

本当に用件だけ伝えて立ち去ろうとするシエル。

まだ色々追いついていないギッテル伯爵が戸惑いながらもこれだけ聞いてきた。

「お二方はどちらへ？」

ギッテル伯爵の疑問はそのまま俺の疑問でもあった。

二人と一匹の視線を受けたシエルはこう言った。

「一度王都に戻って準備をするわ」

それなら少し休めるかも知れないな。

と、甘いことを考えていられたのはそのときまでだった。

⚜

バタバタとシエルについていくのに必死で気付けば王城、しかも玉座の間に俺はいた。

「おお、帰ったかシエル」

「ええ。で、ちょっと王都騎士団借りるわよ?」

それだけ言うとシエルはもう用はないと言わんばかりにさっさと退場する。

「は……？　いやいや待て待て帰ってくるなり何を……聞いちゃおらんな……」

取り残された俺と目が合った国王陛下は溜息を吐きながらこう言った。

「すまぬが……あれを任せる」

荷が重い……。

慌てて陛下に頭を下げてから、仕方なくシエルを追いかけていった。

「これはシエル殿下。このようなところまで何を……」

「ちょうど良いところにいたわね。シリウス、あんたちょっとこいつの相手してもらえるかしら？」

「へ？」

修練場にやってくるなりそんなことを言い出すシエル。

しかもその相手は……。

「私ももう騎士団をまとめる立場にあり……そう簡単に離れる訳には……」

身なりの良さを見てもここにいる中で一番偉いのは間違いないだろう。

だがシエルは自分のペースを崩さなかった。

「あんた最近左の脇を痛めたわね。そのせいで身体のバランスがおかしくなってるわ。歳《とし》も歳なんだから考えてやらないと身体壊すわよ？」

「なっ……そんな一瞬で!?」

「それに訓練だけならあんたじゃなくても良いでしょ。ほらそこの……名乗りなさい！」

「はっ……セラムと申します」

「セラム、あんたこれからの訓練内容理解してるかしら？」

「はっ……このあとは……」

「説明はいいわ。分かってるならあんたが仕切りなさい」

「え……？」

「じゃあシリウス、行くわよ」

そんなシエルの傍若無人な態度についていけないのは突然捕まえられたシリウスだけでなく
……。

「何してるの。あんたも来るのよ」

「……分かった」

申し訳ない国王陛下。俺にこの姫様は止められませんでした。


「さて、あんたを呼んだ理由は単純に、今私が使える中で一番強いのがあんただったからよ」

「それは光栄の極み……」

一番強い、と言うだけあり、シリウスと呼ばれた男は王都の騎士団長を務めていたらしい。

その騎士団長を気軽に呼び出した挙句『使える』、と言い切るシエルも恐ろしいんだが……。

「という訳で、この次期勇者に自信をつけさせるトレーニングをしてもらおうと思うの」

「なるほど……自信をつける、ということは私が稽古をつけて良きところを褒めれば……」

「違うわ」

シリウスの言葉を遮ってシエルがとんでもないことを口走った。

「全力のあんたとやって、勝って、こいつに自信をつけさせるのよ」

「え……？」

それ、俺が死ぬのでは……？

「全力……ですか？」

「ええ。ああ、待ちなさい。今から言う通りに動いて」

「はぁ……」

シエルがシリウスにいくつかの指摘を加えながら数回素振りをさせた。

嫌な予感がする……。

「はい。これであんたの不調は治ったでしょ？」

「え？　……おお！　身体が軽い！　こんなに動きやすいのはいつぶりか……！」

「待て待て!?　なんで強化しちゃってんだよ!?」

俺の叫びを無視してシエルはシリウスに問いかける。

「シリウス。今のあんた、どのくらいの強さかしら？」

「どのくらい……そうですね、これだけ身体が動く感覚は数年ぶり……北方遠征の際ドラゴンを倒したときくらいの動きは可能かと」

「いいわね」

「いやだめじゃないか……？」

それはつまり俺は今からドラゴンより強い相手とやり合うという訳だ。

「丁度いいくらいだと思うわ。レミル、準備はできたかしら？」

「できてないって言ったら見逃してくれ……ないよな」

睨みつけるシエルを見て諦める。

何を言ってもシエルは止まらないだろうからな。

キャトラはダンジョンでメキメキ力を付けてきたし、テイマーとして戦うということはキャトラの力も借りられるはずだ。そっちに期待するか。

「ミー？」

だが俺の思惑はシエルに一蹴される。

「ああ、一応言っておくけれどあんた一人で戦うのよ。そっちの子は見学」

「まじか……」

どうあっても助かる未来はないようだった。

戸惑う俺を他所にシエルが模擬戦のルールを決めていく。

「剣は刃を潰したものを使用。魔法の使用は自由。頭部はなるべく狙わず首から下を狙う。致命傷となった場合そこで中断、すぐに治療班が駆けつける、と。なかなか緊迫した模擬戦ですな」

シリウスが剣を準備しながら笑う。

「まあ首が飛んだり頭が潰れたりしなければここの治療班は治すでしょ」

「確かに手足くらいはくっつけられるでしょうな」

なんか恐ろしいことを言ってるが止められる訳でもないし、諦めてできるだけ怪我しないように気を付けるとしよう。

「ミー？」

「ありがとな、キャトラ。心配してくれるのはお前だけだ」

「ミッ！」

キャトラを撫でながらシリウスの準備が終わるのを待っているとシエルがこんなことを言い出す。

「あとは……ああ、念のため治療薬も用意しましょうか」

「そうですな。いざというときは宝物庫にとんでもない代物もあったはずでは……？　流石に勇者殿にそこまで傷を負わせるつもりはありませんが、万が一のために……」

「あれは要らないわ。レミル！　今から言う通りに五個ポーションを作って」

「ああ、分かった」

シリウスは突然の出来事に頭に疑問符を浮かべているが、俺はもうシエルの突然の指示は慣れたものなのですぐに対応する。

「まずはこれと……ダンジョンで倒した魔物に四本脚を超えるのっていたかしら？」

「でかい虫はいたな」

「じゃあそれでいいわ」

「これは一体何を……？」

「ミー？」

シリウスが作業風景を見ながら尋ねる。

ついでにキャトラも同じように作業を覗《のぞ》き込みながら首を傾《かし》げていた。

「今作っているのが中級ポーション三種類。その後二種類これまで作ったことのない上級ポーションを作れば、宝物庫のものを持ち出さずとも特級ポーションを作れるようになるわ」

「なっ⁉　そもそも中級ポーションがすでに宮廷錬金術師クラスではないですか⁉　上級ポーションなど歴代でも何人作れたか……ましてそれが特級……？　まるで伝説の……」

「そうよ。私がわざわざ連れ出しているのはそういうこと」

「まさか……では彼はすでに伝説の錬金術師……」

「それだけじゃないわ。横にいる猫はベヒーモスよ」

「なっ……」

「魔法は全属性を使える」

「えっと……」

「剣術だけが上級止まりなのよ。だからあんたを呼んだの」

「それは……大役ですな……」

こうして並べあげるととんでもないステータスになってはいるんだな……俺。

だが今あえてその情報を伝えないで欲しかった。それでなくても勝てる気のしないシリウスがやる気を出してしまったせいでとんでもないオーラが溢れている。

そんな俺の気など知らずにシエルはいつも通り淡々と指示を出す。

「できたかしら？　次は上級ポーションだけど……」

「ああ、そこまでは終わった……あれ？　まずかったか？」

答えた瞬間シエルに睨まれた。

中級ポーションを作り終えたらすぐスキルがレベルアップしたから、あっさり作れたんだが……。

「いつの間に……？　素材の説明もまだだしそもそもそんな時間が……」

「スキルが手に入ったからか勝手に素材とか手順は流れ込んでくるからな。何を作れば良いか分かったらできるぞ？」

俺の答えに何故か溜息を吐くシエル。

「なるほど。殿下がお連れした意図がなんとなく読めました」

「良かったわ。この男、終始この調子なのよね……」

あれ？

二人が結託し始めてしまった。

「ええ。とんでもない力を持ちながらその自覚がないと見える……」

「だから自信を付けさせるために呼んだのよ」

「ふふ。では、私は負けるのでしょうか」

「さあ？　そこまでは知らないわ。でもまぁ、頑張りなさい」

「ええ」

そして何故か先程までと比べても明らかにシリウスのやる気とオーラが膨れ上がっている。

どうして……。

「で、肝心の特級ポーションは作れたのかしら？　自信がないなら特に気合い入れて作ったほうがいいわよ。あんたの命を守るかもしれないのだから」

「それもそうだな」

目の前に二種の上級ポーションといくつかの素材を用意する。

本来は希少素材を揃えて作るものだが、ポーションを集めて上位の別のものに変換することができるのも錬金術の便利なところだ。

「できたぞ」

シエルに見せるとその鑑定眼を輝かせてこう言った。

「間違いなく特級ね。いいわ。やりましょう」

「ほんとにとんでもないですね……」

シリウス団長が若干呆れたように笑っていた。

いよいよ始まってしまう。

ドラゴンをも倒す実力者との勝負が……。

「お手柔らかに……？」

「こちらこそ」

「いい？　じゃあ……」

シエルが俺とシリウス団長に目配せをする。

「始め！」

言い終わるやいなや、容赦なくシリウスが剣を打ち付けてきた。

――ガキン
「くっ……重い……」

王都騎士団長の剣は流石の実力だった。

今も何故自分が打ち合いに持ち込めているか分からないくらいだ。

「不思議な感覚だな……若いのにまるでベテラン相手にやらされてるようだ」

「ベテラン……？」

鍔迫り合いの最中聞こえたシリウスの言葉。

答えたのはシエルだった。

「そりゃそうでしょう。経験値だけなら、あんたより遥かに上なのだから」

「そんなことが……!?　ではもう少し力を入れなければならないですね……！」

「ぐっ……」

鍔迫り合いをうまく外され吹き飛ばされる。

シエルの言葉は嘘ではない。

だが剣の道に集中していた訳でもない俺では、シリウスの剣術の腕には届かない。

「道理で打ち合うたびに強くなるはずだ……それが狙いでしたか」

「ええそうね。でも、それだけじゃないわ！　レミル！　あんた魔法も使えるんだから使いなさい！」

「えっ……そうか、使って良いのか」

「なんでもありって言ってたでしょ！　剣だけで団長に勝とうだなんて、おこがましいと思わない？」

「そりゃそうだ」

剣に集中するあまり勝つことに意識がいっていなかった。

剣はなんとかついていけている……なら、魔法を使えば……。

「だったら距離を詰めさせてもらおうか……！」

「──っ!?」

急接近してくるシリウスを前に……。

「【シャドー】」

「なっ!?　闇魔法!?」

「全属性使えると言ったじゃない」

【シャドー】は自身を影にする魔法。

熟練度が上がれば相手の影も操れるらしいが、今の俺にできるのは姿をくらませる程度だ。

だが剣の打ち合いで一瞬でも隙を作れるという点ではこの魔法は効果的だ。

──カキン

「止められた!?」

完全な死角からの攻撃だったはずなのに。

「見えなくても感覚で分かるのです」

流石だ……なら……！

「【フラッシュ】！」

「くっ……！　ですがこれも同じです」

「【スロウ】！」

「厄介な魔法ばかり……」

こうして実戦で使うと闇魔法の便利さに驚く。

というより……。

「気付いたかしら？」

「ああ。剣と魔法の組み合わせが強いんだ」

本来【スロウ】で動きを止めたところでできるのは時間稼ぎだけだが、剣も使えると【スロウ】がたちまち必殺の魔法に化ける。

さっきまでなんとか打ち合いに対応していただけの俺の剣も、動きが緩慢になった相手になら届くのだ。

「くっ……私の負けです」

「勝てた……」

シリウスの首筋に剣を当てて勝負がついた。

接近戦における弱体化魔法はかなり有効だった。

「魔法剣士……闇魔法を使う魔法剣士なんて思いつきもしなかったですよ……とんでもないですね勇者殿は……」

シリウスが感心したようにシエルに言った。

「闇魔法は扱いがややこしいから、近接戦闘をこなしながら使うもんではないわね。普通は」

「ええ。そして何より、強かった。その剣、よほどの修羅場をくぐり抜け続けなければ得られないだけの凄みがあった。戦ううちにどんどん強くなるというのも恐ろしい感覚でしたよ……もう次は歯が立たないでしょう」

「いやいや……」

だがシリウスの言葉を否定しきれない部分もあった。

打ち合いの中で徐々に俺の力が増していくのは自分でも感じていた。

「よしっ！　ちょっとは自信が付いたかしら？」

「ん？」

「あんたが今倒したのは国を守る騎士団のトップ、対人戦においてもうあんたを倒せる人間は大陸でもほんの一握りになったわ」

そうか……。

実感が薄いが相手は騎士団長……。そういうことになるのか。

「ま、実感があろうとなかろうと、あんたは戦争で活躍しないといけない」

「おや？　戦争にこれだけの戦力を投入できるので？」

「対外的にはまだよ。次に起こる内戦の鎮圧ね」

「内戦……？　怪しい動きがすでにどこかに……」

「王都騎士団が出るほどのことではないわ」

「そうですか……」

シリウスはそれ以上踏み込まなかった。

「その眼……あんたはまだ自信がつききらないみたいだし……冒険者としてなら基準が分かりやすいかしら？」

「冒険者……？」

「ええ。もうあんたに必要なのは自信だけだからね。ギルドに行くわ。正式にパーティーを組むわよ」

次の目的地が決まって意気揚々と出発するシエル。

残された俺はとりあえずシリウスに頭だけ下げて慌てて追いかけていった。

後で聞いた話だが、団長に代わって指揮を任されていたセラムという団員は、その優れた能力を買われて大幅に昇進したらしかった。

出遅れた戦争準備

「何……？　ギッテル領で徴兵が始まっただと……？」

アルカス領の館。

マーガスの父、アルカス伯爵は諜報員《ちょうほういん》からの報告に作業の手を止めた。

「一体何のために……」

「はっ……調べたところロースステル卿のご指示との……」

「ロースステル……!?　法務卿まで関わっているのか!?」

「はい……それがどうやらロースステル卿に楯突いたギルム派の男爵家を資金面で苦しめてようやく止《とど》めという折に、資金援助の申し出が……」

「ギルム派……？　ギルム侯爵の派閥……男爵……まさか、ユーリウス家か!?」

ループのおかげで情報を知っていたレミルたちにかなり遅れて、アルカスにもようやくその理由が明かされた。

アルカスは歯噛みする。

深い考えもなく、ただ中央に近いという理由だけでユーリウス男爵家への資金援助を申し出たのは他でもない、アルカス自身だ。

「くっ……ユーリウス家への資金援助は取りやめだ！　すぐにその旨をロ－ステル卿へも……」

「我々もそう動けぬか確認したのですが……もはや……」

「くっ……」

このときすでにユーリウス男爵家とは友好関係を築いていた。

だが肝心の本丸であるギルム侯爵家とのわたりは付いていない。

武闘派で知られるギルム家の支援があればともかく、ユーリウス家は現状金も人もない弱小貴族。

すでにギッテル卿が動き始めた以上、その背後にいる法務卿の存在を思えば、少々資金援助をしていた程度のアルカス家にギルム家や他の家の援軍が来ることは絶望的と言える。

「こうなれば……先手を取るしかあるまい」

すでに徴兵を始めた相手に無謀とも言える決断をくだすアルカス。

「こちらから仕掛けるのですか!?」

「そうだ。すぐに息子たちを呼び出せ！　伯爵家同士の争いなど勝ったほうの言い分が通るのだ。配下が負けてから法務卿の権威をかざしたところで逆効果……最速でギッテル卿を攻め落とし和睦を引き出す！」

アルカスの指示に従い息子たちを呼びに走り出す使用人たち。

その想いはほとんど一致していたことだろう。

「『「戦争が始まる前に逃げよう」』」

アルカス家、特に領主に対する周辺村落の評価は高くない。

可もなく不可もない……いや少し遠出できる者なら分かるが、大した恩恵がない割に税収が厳しい。ただしそれで生きるか死ぬかのレベルにはならない絶妙なラインで搾取を続ける領主だった。

アルカス領は鉱山資源が豊富だが、その収入はほとんど全て領主の懐に入るため、領民に何の恩恵もない。結果、本来であれば裕福なはずの領土において、可もなく不可もない何の変哲もない暮らしを送らざるを得なくなっているという状況があった。

農村民はともかく、館に仕える使用人たちであればそのことはなんとなしには耳に入る。

結果アルカスに対する忠誠心のようなものは、使用人たちはみな微塵《みじん》も持ち合わせることがなくなっていた。

「戦争といっても内戦……お互いできることも限られるしな……」

いたずらに死者を出さないために、他国との戦争と比べると内戦はある種ゲームに近い側面を持つ。

その特性と手駒を鑑みて、アルカスは笑う。

「あのドラ息子も、こんなときくらい活躍するであろう」

マーガスの剣の実力だけはアルカスもある程度買ってはいる。

戦争……特に内戦において、エースクラスの単体戦力の存在は非常に大きな意味を持つのだ。

このときすでにギッテル伯爵が強力なエースを――それも息子をすでに完膚なきほどに打ちのめした相手を獲得していることなど、ほくそ笑むアルカスは知るよしもなかった。

冒険者

「冒険者か」

「あんたもこれなら基準が分かりやすくていいでしょ」

「まぁ……」

「内戦の前に最後の仕上げよ。あんたに自信をつけるためのね」

王都冒険者ギルド。

地方のギルドと比べて建物も、人数も、そして依頼の数も桁違いの規模を持つ国内のギルドの総本山だ。

「いらっしゃいま……そのお姿、まさか!?」

シエルを見て慌てる受付嬢のお姉さん。

「すぐにギルドマスターを……！」

「良いわよ。普通に登録に来ただけなんだから」

シエルの言葉にざわついたのは周囲の冒険者たちだった。

「おい聞いたか、シエル王女がついに……」

「実は鑑定以外も魔法は賢者クラスとか聞いたぞ？」

「にしても隣の男まだ生きてたんだな……とっくに暗殺されてると思ってたぜ」

「なぁ？　そろそろ王女も一人につきっきりじゃあもったいないと思わねえか？」

「それもそうだな……ここは俺たちがやったほうがいいんじゃねぇのか……？」

何やら厄介な話し合いをしているな。

【盗聴】スキル、便利なのか要らぬ心配事を増やすだけか……。悩ましい。

「失礼いたしました！　登録は……お二人？」

「ええ。特別枠を希望するわ。こっちのは推薦はないから今ここで試験してちょうだい」

「ええっ⁉　特別枠……王女様ならすぐにでも推薦状はご用意できるのでは……」

「それじゃあ意味がないのよ」

特別枠。

ギルドの登録は通常、最低ランクのFから始まる。そこから順に、規定のクエストを達成していくことで徐々にランクを上げていくのだ。

それに対して特別枠とは、一定の力を持った人間を最初からある程度のランクに認定する制度だ。

典型的なものでは、冒険者予備校である程度成績を取っていればEランクから登録が可能だ。

他にもシエルのように王族や上位貴族の推薦により高ランクから登録が可能であったり、いろんな制度があるが……。

「シエル、ここでテストって……」

「そうよ。実技試験推薦を希望するわ」

再びざわめきたつギルドの冒険者たち。

「聞いたか⁉ 実技試験ってこたぁ俺たちが相手できるぞ！」

「ああ、あの王女に気に入られただけのひょろいやつ、ボコボコにしてやろうぜ」

「それにシエル王女に力を見てもらえるチャンスだぞ⁉」

「やるしかねえ！」

盛り上がってしまっていた。

実技試験推薦はその名の通り、実技を見て最初のランクを決定するというものだ。

やり方はいくつかあるが、最も単純なものは現地の冒険者を倒せばその人間のランクまでは認められるという、強ければ何をしても良いみたいな無茶なルールだった。

当然鍛えた冒険者に最初から素人が敵《かな》うはずもないから適用が少ないのだが、それ以上にこのルール、そもそも試験官は希望した冒険者だけが行うということになっているために、わざわざ新人のために時間を割く者がいないから成立しないことが多いのだ。

だが今回、シエルが出した釣り針は入れ食い状態で冒険者たちを釣り上げてしまっていた。

「丁度良いでしょ？」

「いや……」

満面の笑みのシエルに俺は何も言えなくなった。

「実技試験推薦をご希望……とのことですが、この場にいる冒険者たちに声はかけますが目安とされるランクはございますか？」

ギルド職員が確認してくる。

普通はどれだけ背伸びをしてもCランクが限度だが……。

「Bでいいわよ。どうもここにいる冒険者たちじゃAランクには届いていないそうだし」

「B⁉ その……Bランクの冒険者とやり合うことになりますが……」

「そうよ？ 残念ね、ここにAランクがいれば今日からAランクだったのに」

シエルの発言は大きな波紋を生んだ。

「あの……冒険者の皆様が試験官となるので……」

「良いじゃない。ねえ、ここにいるのを全員相手して勝てたらAランクとか、無理かしら？」

「それは少し……」

「そうよね。まあそれは良いわ。とにかくBランクまでならいるようだし、それでお願いできればいくらでも相手にしてあげるから」

Bランクを希望するということは、Bランク冒険者一人を相手すればいいという話ではなく、その場にいるBランク以下の希望者全員の相手が必要になるのだ。

ボルテージが上がっていく冒険者たち。

そしてその原因となったシエルは、涼しい顔をしてその矛先を全てこちらに向けてきた。

「相手にするのはこっちのレミルという男よ。こんな雑魚なら何人相手でも問題ないって言ってるし」

「えっ⁉」

一言も言ってないなぁ……。

「という訳で、さっさとやりましょ」

終始こんな調子のシエルに当然ギルドの冒険者たちは……。

「殺す……」

「よし、殺す……」

「俺も殺す……」

殺気立った冒険者たちが続々と準備を進める中、当事者の俺だけ一人心の準備ができずにいた。

「じゃ、頑張りなさい。お膳立てはしてあげたわ」

「いやこれはお膳立てとは言わない……」

「まあ良いじゃない。剣術、魔法、ベヒーモス、錬金術、全部使っていいと考えたらこの程度簡単じゃないかしら？」

ニコニコ笑うシエルを見て、俺は諦めて作っておいた上級ポーションを握りしめておいた。

「これより冒険者志望レミルの実技試験を開始します」

冒険者ギルドの訓練場。

仕切るのは気の弱そうなギルド職員の男性だった。

そのギルド職員が改めて俺たちに向かってこう言った。

「ですが……本当によろしいのですか？」

「良いって言ってるじゃない」

「俺は言ってないんだけどな……」

シエルのせいですっかり悪役に仕立て上げられた俺は殺気立った冒険者たちを一度に相手しないといけないらしい。

改めて冒険者たちを見る。

Bランクは三人。剣士二人と魔法使い一人だ。

あとはCランクが五人、Dランク以下十八人。

正直全盛期のマーガスやルイを見ていた俺としてはそんなに脅威ではない、ないはないんだが……それでもこうも敵意と殺意を剥《む》き出しにされるとプレッシャーがすごい。

「流石に王都だけあって数が多いな」

「数だけが問題なら良いじゃない。ちょうど良い練習相手になるわよ。戦争では数を倒す必要があるんだし」

「練習相手……か」

「そうよ。あんたはこのあと戦争でこのくらいの相手は難なくこなしてもらわないと困るのだから」

だからお膳立て、だったのかもしれない。

ありがたくないシエルの優しさを感じながら、いよいよ実戦が始まる。

ギルド職員が目配せをしてきたので仕方なくうなずいた。

もう腹を括るしかないだろう。

「それでは、始め！」

掛け声と同時に魔法使いたちは魔力を練って溜めを作りはじめる。

戦争のときと同じ、まずは後衛を潰すのが定石。

魔法使いで警戒すべきなのは……。

「Bランク一人、Cランク三人か……」

正直それ以下のレベルなら仮に魔法が直撃したとしても今の俺なら問題はないと思う。

いやDランクに一人質の良い魔力を練ってる少女がいるか。

警戒はしておこう。

「「【フレイム】」」

魔法使い三人が一斉に魔法を放つ。

Cランクの三人が連携して魔法を放ったようだ。

だが……。

「【ウォーターボール】」

「なっ……そんなあっさり⁉」

先手を取らせはしなかったが、それはこちらも同じだった。

後衛に辿《たど》り着く前に剣士が斬りかかってくる。

「おいおい、魔法ばっかに気を取られてて大丈夫か、よっ！　おらぁ！」

「キャトラ！」

「ミー！」

「何っ⁉　たかが猫一匹……って、待て、なんて力してやがる⁉」

Cランクの剣士二人はキャトラが相手取る。

今のキャトラにCランク冒険者の剣術は届かないからな。

と、急激に魔力が膨れ上がった気配を感じてそちらを見ると……。

「行きます。【ギガフレイル】」

「これは……」

すぐに対応できる魔法を考えるが、その隙を見て二人の剣士がこちらに斬りかかってくる。

「くっ……巻き込まれるぞ!?」

「うちのエースを舐めてもらっちゃ困るな！」

「何っ!?」

上級クラスの魔法は規模も大きくなりがちだ。

炎系統の魔法として出すだけでも難しいとされる【ギガフレイル】を、あの魔法使いは仲間に当たらないよう軌道を逸らしてコントロールしたのだ。

俺に選べる選択肢は少ない。

剣を甘んじて受けるか、魔法を受けるか。

剣は……だめだ。いくら俺のステータスが強化されていてもBランクの剣士の攻撃を生身で受ける訳にいかない。

ということで【上級剣術】を選び、二人の剣をさばいたのだが……。

「ぐっ……」

魔法は直撃。

その様子を見て剣士二人も離脱していく。

「やったか……!?」

「そりゃ上級魔法が直撃したんだ、やってもらわないと……」

その声に答えたのは横で見ていたシエルだった。

「甘かったわね……その程度じゃ死なないわよ、あれは」

シエルの声が耳に届く。

上級魔法の炎に身を焦がされてるんだけどな……俺。

「仕方ないか……」

燃えている相手に手出しはできないようで周囲も見守っているだけだ。

その隙を見てマジックバッグから自分で調合していた上級ポーションを一気に呷《あお》った。

「おお、意外となんとかなるもんだな……」

飲んだ瞬間炎も綺麗《きれい》さっぱり消えてなくなった。

「化け物か……？」

「失礼な」

上級魔法が直撃したのに無事でいた俺に驚く冒険者たち。

その中の一人が声を上げた。

「おい！　アイテムは卑怯《ひきょう》じゃねえのか⁉」

ギルド職員に訴えかけるように発されたその言葉を受け、気弱な男性職員はおろおろと目線を彷徨《さまよ》わせる。

その様子を見かねてシエルが答えた。

「全員武器もなしに挑むというならまだしも、アイテムを卑怯なんて笑っちゃうわね」

「うっ……」

「でもそうね……レミル！　あんた今からそれは使うの禁止よ」

「えっ!?」

「たとえそれがあんたの作ったもんでも、気に入らないやつがいるならここで黙らせたほうがいいじゃない」

「あー……」

過激派なシエルらしい……。

まあいいか。次は当てさせない。

「分かったよ」

「と、いう訳よ。ここからはあんなアイテムは出ない、これでいいかしら？」

「……」

何も言えなくなる冒険者。

それよりもシエルの発言に引っかかった冒険者たちのほうが多かった。

「今、あれを作ったって言ったか……？」

「まさか……上級ポーションだぞ!?　いくらなんでもそんなもん作れるような薬師や錬金術師なんて……」

「でも、シエル王女が……」

弱気になった冒険者たちの反応が二つに分かれる。

「俺たちは降りる。悔しいけど強い」

「ああ。Bランクパーティーを一人で相手して無傷じゃ、Cランクの俺らにどうしようもない」

「なっ……どうする!?　Cランクが抜けたら俺らなんて……」

――次の瞬間

逃げ腰になった冒険者たちの中で、現時点で唯一と言っていい、諦めてない者による魔法が炸《さく》裂《れっ》する。

だが……。

「見えてるぞ」

放たれた魔法にカウンターを放つと、術者はすぐに両手を上げた。

「っ！　参りました……」

放たれたのは光魔法だった。

光魔法で攻撃ができるのは稀《まれ》だ。場所によっては貴重な戦力だろう。

だが闇魔法でカウンターができる俺には届かなかった。

「今の、見えたか？」

「いや、なんか突然爆発したような……」

まだDランクということを考えるとこれから伸びてくるのだろう。

フードで顔も隠しているが身長もそんなにないし。

と、ここでBランクパーティーが動いた。

だがその動きに敵意はない。

「参ったよ。今のは俺たちでも気付けない魔法だった」

「完敗だ。この分なら本気で最初からAランクってのも納得だな」

「そもそもシエル王女がついてる時点で気付くべきでしたね……」

それぞれ武器を下ろした。

「だそうよ？　審判さん」

「えっ、あっ……勝者レミル！　Bランク冒険者に認定いたします」

終わったらしい。

「どうかしら？　少しは実感が持てた？」

シエルの意図がようやく分かった。

過去俺は、パーティーとしてはSランクにも上り詰めたことがあるが、一年目の俺たちからすればそんなもの夢のまた夢だった。

そんな俺がすでにBランクを含んだ対人戦で圧勝できるだけの力を得ているのだ。

「ああ」

今回の人生は、これまでとは本当の意味で別人になれたと実感できた。

ちなみにその後、一応シエルから今回の挑発は『尖った宝石』の作戦の一部であったことが皆に伝えられ、冒険者たちも納得してくれていた。


「こちらがBランクの証明、冒険者カードになります」

試験が終わり改めて登録作業となった。

入ったときは敵意で満たされていた冒険者ギルドだが、今は何かを恐れるように大人しくなっている。

ちらほらこんな声は聞こえてくるが。

「なぁ……俺たちBランクに喧嘩《けんか》売ったたってことにならねえか……？」

「いやでもあれは試験だし……」

「というかあれ、Bランクより上になるんじゃ……めちゃくちゃ強かったぞ……」

「俺ら干されないかな？　大丈夫か……？」

あのあと上位の冒険者は直接挨拶を交わして別れているが、Ｄランク以下は数が多いのもあって区切りがつけられていないというのも原因だろう。

それに今話している面々は、そもそもシエルが挑発する前から俺に仕掛けようとしてたやつらだしな……。まあでもこれで大人しくなってくれるならいいだろう。

最後に光魔法を放ったフードの少女は気付けば姿を消していた。

冒険者たちがそんな話をしている中、準備を終えた受付の担当がもう一枚のカードを持ってくる。

「こちらがシエル様の分になります」

「ええ」

「あれ？」

そういえば俺は試験を受けたけどシエルって……。

「なんで私もＢランクなのか不思議そうな顔ね」

「えっと……」

「最初に説明されてたじゃない。推薦があればできるのよ」

「推薦……」

なんかずるい気もするがまぁ、仕方ないか……。

でもＢランクへの推薦なんて相当上位の冒険者でもなければ無理だと思ったが……。

「一体誰が……」

「クロエはSランクの冒険者よ」

「ああ！　執事の……」

シエルの身の回りの世話をする執事……あの人そんなすごい人だったのか。

いやすごいのは近くで見れば感じ取れるんだが。

シエルはこうして王宮を離れている間は身の回りのことも自分でこなしているが、何かの連絡や必要になった物資の調達のために時折クロエさんを呼ぶことがあった。

クロエさんはシエルが呼ぶといつの間にか現れる。

そう、まさに今シエルがそうしたように……。

「クロエ」

「はっ。こちらに」

ほんとにどこから出てきたのか分からないが、こうして呼べばすぐシエルのそばに現れるのだ。

「私たちはBランクということになったけれど、ここからランクを上げるのに効率が良い依頼はどれかしら？」

「ふむ……それについてはお嬢様もご存知の通りレミル様のほうがお詳しいかと」

「まあそれもそうよね」

「ええ。私の情報はいかんせん古いですからな……」

まあ確かに俺の場合その点はばっちりだな。

なんせ未来を含めて今評価されやすい依頼を知っているのだから。

「まあそっちはついでよ。あのフードの少女の所在を調べなさい」

「かしこまりました」

シエルも気になっていたらしい。

「まあ、あんたのことだからもう追いかけてるんでしょうけど」

シエルの読みはあたっていた。

「ははは。ですが追いきれてはおりませんな。増員いたしましょうか？」

「要らないわ。というより、あんたが無理なら人を増やしたところでどうしようもないわよ」

「光栄にございます」

ん？

「クロエさんでも追いきれないのか？」

俺の疑問は当然シエルも感じているところだ。

「逆に言えばそれだけですでに追うべき相手だと分かるわ」

「それは……」

「場合によっては、あんたの三年後のあれに繋がるわね」

「そんな都合良く……？」

「場合によっては、と言ったでしょう？　全然関係ない厄介事を抱えることにもなりかねないわね」

「あー……」

そっちのほうが可能性として高い気がしてきていた。

戦争前に不安が増えた気はするが、クロエさんに任せるほかないだろう。

シエルはすでに気持ちを切り替えていた。

「まあ良いじゃない！　レミル、今受ける美味しい依頼はあるかしら？」

シエルに言われてこの時期の記憶を遡りながら依頼書を眺める。

「めぼしいものはないな……」

この時期にそもそもこんな上位向けのクエストを見ていなかったこともあるが、ちょうどマーガスたちはこの頃、戦争の匂いを嗅ぎつけてそちらの準備をしていたせいもある。

逆に俺が覚えていないということは、美味しい依頼もなかったということだろう。

「じゃあちょうどいいわね。一度城に戻りましょう」

「城……？」

何も分からずついていったら突然騎士団長と戦わされた記憶が蘇《よみがえ》る。

「警戒しないでももういきなり戦わせたりなんてしないわよ」

「なら良いんだが……いやなんか引っかかるけど……」

「おや、もしやあれを……？」

「さすがクロエ、察しがいいわね」

心配する俺を他所に二人で話が繋がる。

「あれって……？」

「それだけのステータスに、Bランクの冒険者の称号があれば、あんたに勲章と祝福を授けられるわ」

「え……？」

「勲章は国から出す名誉ですが、レミル様の場合ただの飾りのようなものには収まりませぬ」

「どういうことだ……？」

クロエさんが何かシエルに目配せする。

シエルがうなずいたのを確認して、改めて説明をしてくれた。

「レミル様が勲章を得ると、それがそのまま勇者として正式に国に認められることに繋がります」

「え……そんなすごいもの貰《もら》うのか……？」

「そもそも勲章なんてどれもすごいわよ。それがあるだけでその後国から毎年お金が出るのよ？

一生遊んで暮らせるくらいの額が」

なんか聞いたことはある話だったが本当だったのか。

というか……。

「もう勇者なのか!?　確かに今勇者は空席だったはずだけど……」

「そうよ。それが二年も三年も続いたからあんなろくでもないのが勇者候補と呼ばれるに至るんでしょう?」

マーガスのことか……。

「まあ重要なのはそこじゃなくて、これまで見てきて分かったけれど、あんたは勲章貰ったら確実に強くなるのよ」

「えっと……」

勲章はあくまでも国に認められるというだけで、強さやステータスに影響を及ぼすとは思ってなかったが……。

「あんたの現状は能力に対して精神面が追いついていないの。これは誤算だったわ。普通なら年齢の倍以上の経験をしているのだからそちらは問題ないと思っていたのだけど……」

「面目ない……」

「責めてる訳じゃないわ。ただこれまでの人生では自信を持つという点について、何かよほど制限のようなものがかけられていたようね」

制限、か。

「おおかたあの三人がそれとなく仕掛けていたんでしょうけど……まあそういう意味で、あんたのその呪いを解くのが今回の目的よ」

「呪い……？」

「ええ。それはもう魂に刻まれた呪いよ。それを解けるのはあんたの努力じゃないわ。単純な外部からの正当な評価、ただそれだけよ」

「そのためだけに国の制度まで利用するのか⁉」

「ふふ。良いじゃない」

シエルは笑う。

「あんたの実力が存分に発揮されることに比べれば、些細《ささい》なものよ」

その表情を前にすると何も言えなくなる。

シエルの笑みは何故かそんな破壊力を持ったものに感じるものだった。

「しれっと出てきてたけど、祝福ってなんだ？」

「ああ。そっちはおまけよ。教会も政治に嚙んでいるから、それでやらないといけないというだけね」

「ですが祝福を受けた者は稀に精霊や神から好まれ、それまでなかった才覚を発揮するとも言われておりますな」

なるほど。

「まあほとんど教会が作った謳い文句だけど……確かにたまに精霊に懐かれるのはいるわね」

「そうなのか」

「まあでもほとんどないわ。それにあんたはテイマーとしての資質はあるけど、精霊使いの資質はそこまで感じないのよね」

そんなもんか。

シエルの言葉にいたずらっぽい笑みを浮かべてクロエさんがこう言う。

「そうなると神族に懐かれて、というケースはあるかもしれませんな」

「それこそとんでもない確率だけど、まあそれについては私じゃ読めないわね」

神のことまではシエルにも分からないという訳か。

まあ要するに……。

「今考えても仕方ないってことか」

「そういうことよ。とにかく城に戻りましょ。色々手続きがあって時間の余裕ができるから、あっちであんたのステータスを改めてちゃんと確認するわ」

「おお、それはありがたい」

もう自分が何のスキルを持ってるのかも分からなくなってきたからな……。

「じゃあ行くわよ」

「その前にレミル様のお召し物をご購入されては……？」

「ああ、叙勲式があるのね……ということは私も着ないといけないのかしら」

「もちろんでございます」

「やめようかしら……勲章」

そんなに嫌なのか……。

「いつもドレスみたいなもん着てるのに嫌なのか？」

「これは最低限の布に絞って動きやすくしてるわよ。式典で使うのはなんかその……暑苦しいのよ」

「姫様のドレス嫌いも筋金入りですな」

朗らかに笑いながらも逃がすつもりはまるでないクロエさんの笑み。

それを感じ取ったのか、観念したように溜息を吐いてシエルはこう言った。

「私の衣装は任せるわ。私は先に城に戻って準備をさせてくるから」

「ええ、お任せ下さい」

「ああ、そういう式典ってキャトラはどうなるんだ？」

「そうねえ……一緒に作ってもらったらどうかしら？」

「かしこまりました」

「ミー？」

猫に服着せるのか……？

まあいいや。クロエさんに任せておけば間違いはないだろう。

「では、参りましょう」

「ミー」

クロエさん、キャトラ、俺という不思議な組み合わせで買い物ということになった。

シエルには一切懐かないキャトラだが、クロエさんは問題ないようだった。


「落ち着かない……」

クロエさんの誘導で連れてこられた服屋は、俺のイメージしているそれとまるで違った。

服がほとんど置いていないのだ。

代わりにあるのは大量の布。

要するに全てオーダーメイドの超高級店だった。

「ミー」

採寸されているキャトラは大人しいもので、むしろ若干誇らしげだ。

「のんきなもんだな……」

「レミル様もぜひリラックスしていただきたいところですが……」

「あまりに場違いすぎて……」

クロエさんに言われても俺にそんな度胸はなかった。

「場違い、などと言っていられるのもあと僅かでしょう。今後を考えると何着かあってもよろしいかと」

「そうなの……？」

「勲章を授けられるということはつまり、レミル様は騎士として王国の行事に呼ばれることも出てくるということになりますから」

「そうなのか……」

当たり前のようについていけない事態が展開されていた。

「というか、こんなところで買い物できるような金額……」

「ご心配には及びません。経費の範疇《はんちゅう》ですし、レミル様の今後の国家への貢献に比べれば微々たるものです」

値札もない店で基準も分からないんだけどな。

怖いから聞かないことにしよう。

そんな間抜けなことを考えているとクロエさんが突然こう言った。

「ありがとうございます。レミル様」

「えっ？」

「レミル様と出会ってから姫様はいつも生き生きと楽しそうになさっております」

「ああ……あれは楽しそう……なのか？」

俺と話しているときはいつもムッとした表情な気がするが……。

「長年お側に仕えさせていただいていると、同じような表情でも内心はまるで別の感情に支配されていることが分かってしまうのです。あのような姫様を見られるのはいつぶりか……」

目を細めるクロエさん。

その間にもテキパキと店員たちが俺の採寸を進めている。

「あれだけの力、生まれながら自由などあってないようなものでございました」

「それはそうか……」

自らを宝石に喩《たと》えられる国家の宝だ。

そう考えると確かに、息苦しい思いをしてきたのかもしれない。シエルの性格ならなおさらだろう。

「これからも姫様をよろしくお願いいたします」

「それはこちらこそだ」

シエルがいなければこんな生活想像すらできなかった。

七周の人生と比較して、いや七周の人生を足し合わせたってこの僅かな期間に得た成長や感動に比べれば些細にすら思えてしまう。

だからこそ思う……。

——今回は絶対に失敗できない

目下の懸念は三年目に起こるあの化け物との邂逅《かいこう》……。

あれさえ乗り切ればという思いと、あれを乗り切ってからの自分が想像できない怖さがある。

「レミル様、あまり難しく考えすぎないことです」

「難しく……？」

「レミル様の抱えられる事情は概《おおむ》ね把握しておりますが、元来先に起こることなど予測できないものでございます」

それはその通りだ。

「いまの時点で、レミル様は同世代の方々と、いえ、国中の人間を見渡して比較したとしても、かなり優れた力をお持ちでございます」

「そうか……？」

「はい。間違いなく。レミル様の意識はどうしても、三年目に起こる悲劇に繋がっておられる。比較対象が大きすぎるのです」

「大きすぎる……か」

そういえば最初の人生はどうだったただろう。

まだあんなことになるとは思ってもみない一周目の人生。

俺は何を考えていただろうか。

「レミル様の体験した三年目の出来事は、本来であれば人にとって予測できない、避けられない、いわば天災のような脅威だったかと想像いたします」

「天災、か……」

「ですのでどうか、卑屈にならず。今の自分を、もう一度見つめ直してくださいませ」

「今の自分……」

「ええ。立ち向かうのは天災級の魔物かもしれませんが、それと比較して自身の価値を測ることはおやめなされ」

クロエさんの言葉にはっとする。

「出過ぎた真似を……ですが老婆心ながら、今のレミル様には必要かと存じます」

「ありがとう……」

いつからだったか、自分に自信が持てなくなったのは。

それはずっとマーガスたちの背中を眺め続けてきたからだと思いこんでいた。

だがそれは違った。

実際今回の人生では、マーガスたち三人を相手にして勝っているのだ。

シエルなりにけじめの場を用意してくれたし、自信をつけるための工夫だったのだろう。

キャトラと臨んだダンジョンも、冒険者登録も、シエルは俺に自信をつけさせるための仕掛けをいくつも用意してくれていた。

足りなかったのは実力ではなく……。

「比較対象があれじゃあ、自信が持てなくて当然か……」

「左様でございます。何せご自身は死んでおられるのです。測る物差しの尺を超えていては、いつまで経っても全貌が見えません」

そういうことだ。

過去七度、一度たりとも勝てなかったあの魔物たち。その強さは測ることすらできないものだった。

これじゃあ俺はきっと、そいつに出会うまでその幻影に怯え続けただろう。

いや、もし三年目にそいつに勝てたとしても……。

「いつまでも俺は、見えない敵と戦い続けるところだった……？」

「顔つきが変わられましたな」

満足げなクロエさんの表情が印象的だった。

何故かキャトラも同じような顔をしていた気もする……。

城に行ってすぐ、シエルと再会した。

「あら、着てきたのね」

オーダーメイドは時間がかかるかと思っていたが、会計が終わる頃には魔法で完成していた。

さすがは王都の職人である。

ちなみに値段は怖くて見ていないが、俺の人生で最も大きな買い物だっただろう。

結局クロエさんの勧めに従うがままに任せた買い物だった。

「一応城に入るならそれなりの格好のほうが舐められないってクロエさんがな」

「ふーん。ま、良いんじゃない？」

興味なさそうにシエルが背を向け歩き出す。

「姫様は似合ってると仰《おっしゃ》ってますな」

「言ってないわよ！」

クロエさんがからかうように俺に耳打ちする。

もちろんわざとシエルに聞こえるように。

すぐさま否定したシエルだったが、そのあと顔をそむけながらこんなことを言った。

「……でもまあ、悪くないわ」

「え？」

「いいから早く行くわよ」

なんというか……人を褒めるのは苦手なんだろうな……。

「話はつけておいたわ。数日中に呼び出すとか言ってたからしばらく城内の部屋を使って良いって」

「そうか……え、待ってくれ今なんて……？」

「何よ」

いや、俺城で暮らすのか……？

「勇者なら客将としてもてなされるくらい当然よ」

「そうでしょうな。そもそも上位ランクである冒険者を招いたときは城内に部屋を用意するのは慣習でもありますから」

「それって……」

警備とかの面で大丈夫なのかと心配したが、聞く前に察したシエルが答えてくれた。

「その前に厳重に身辺調査をしているし、単体戦力なら化け物みたいなのが城内にはいるじゃない」

そう言いながらクロエさんに目線を向けるシエル。

「なるほど……」

確かに執事がSランク冒険者なくらいだ。

他にもいるんだろうな……。

「騎士団はうちの主力ではあるけれど、単体戦力はまた変わるから」

シエルにしては珍しくフォローするような口ぶりでそう言う。

「ま、部屋は用意したからしばらく自由にしていなさい。明日あんたのステータスをまとめて今後のことを考えるわ」

「分かった」

「何かございましたら気兼ねなくお申し付けください」

「ありがとう」

案内された部屋に入り二人と別れる。

「あれ？」

クロエさんに何か用があるときどうやって呼べばいいんだ……？

いや口に出したら飛んできそうだな……。

まあしばらくはいいか。

愚かな慢心

「精が出るな、マーガス」

「父上……」

アルカス領の兵士たちを相手に鍛錬を続けるマーガスのもとに、領主である父、アルカス伯爵が歩み寄る。

「魔法の才能も剣の才能も引き継いだお前はまさに無敵。活躍を期待している」

「はっ……」

「分かっていると思うが、我々にとって絶対に負けられぬ戦いだ」

マーガスが振るっていた剣を納め父親と向き合う。

「ギッテル伯爵の兵力は……？」

「全て揃えば、一万二千程度と予想しておる」

「精鋭は……四千程度でしょうか」

「よく分かっておるな」

通常貴族が動員できる兵力は千もいれば十分であり、有事の際は寄せ集めた農民たちが武器を取る。

ギッテル伯爵はその中では比較的職業軍人の数を揃えていると言えた。

だが今回はそれ以上に……。

「ローステル法務卿も兵を出す準備がある。数は千か二千だがな。今は表向き演習のためと銘打ってはいるが間違いなくうちを潰す大義名分を持って攻め込んでくるだろう」

「ローステル卿の兵士が揃う前に叩く、でしたか？」

「ああ。すでに兵を集めている以上近隣貴族である私は正当防衛を主張して攻め込むことはできる」

苦し紛れではあるが、アルカス伯爵の言葉は正しい。

王国が首を突っ込んでくることがない限り貴族の小競り合いは勝てば官軍だった。

もちろん公では内戦は禁止されているが、管理しきれないという思いからガス抜き程度のものは目をつむっているのが実情だ。

五万や十万の規模で兵を動かさない限りは大した問題にならない。

というのも、王都近郊の貴族たちであれば、一人で数千程度の農兵なら蹴散らす力を持つようなお抱え騎士がいるという事情もある。

要するにやる前から力関係が見えているので、実際に戦争をやるよりも優秀な人材のスカウト合戦になることが普通なのだ。

「まあ分かっていると思うが、徴兵でいくら兵を集めようがそれは良い」

「一万二千の兵は実質お飾りとはいえ、精鋭四千は多いですね」

「ああ。だからこそ揃う前に叩くのだ」

精鋭と呼ぶ基準は、エースクラスの攻撃でまとめて薙《な》ぎ払われない程度の戦闘力があること。

基本的にはお抱えの騎士の数を指す。

戦争の勝敗を決めるのは精鋭の数とエースの質だ。

「要するに、私より強い人材を獲得する前に叩きたい、ということですよね」

「ふっ。お前以外にもそれなりの人材に声をかけておるわ。お前は自分の汚名を晴らすことだけを考えろ」

「はっ……」

とはいえアルカス伯爵の内心におけるマーガスへの期待感は大きなものだった。

魔法も剣も使いこなし、すでに冒険者でいえば上位ランクであるBランク程度が相手なら互角以上に戦えると考えている。

それはつまり、一人で数千を相手取るエースになりうるということだった。

実際ギッテル伯爵のお抱えの騎士にマーガスより強い人間はいなかったはずだ。

ローステル法務卿のエースを動かすほどではないし、それをすれば拮抗《きっこう》している王都の力関係を崩すことにも繋がるため動いていないことは確認済み。

それに対してアルカスはマーガス以外にもエースクラスの確保に動いている。

「期待しておるぞ」

「はい……」

二人は、いやアルカス家の人間はみなこう考えている。

敵が在野からたまたま才能ある人材をスカウトできない限り、勝利は固いと。

だが彼らは知らない。

すでにその才能ある人材が自らギッテル領に売り込みをかけ、いや正確には勝手に売り込みをかけられ、戦力に加わっていることを。

その人材がかつて無能と罵り、その結果無様な負けを晒したあの騎士爵家の子であるということを……。

祝福

「にしても、見違えたようね。何かあったのかしら」

シエルに呼び出されて王城の廊下を歩く。

しばらく黙ってついてこいという姿勢だったシエルの口からそんな言葉が飛び出した。

「見違えた……？」

「ええ。何か吹っ切れた感じがするわね」

「吹っ切れた、か」

確かにクロエさんとの会話以降、そういう部分は芽生えた気もする。

「ふーん。私が何をしても変わらなかったというのに……」

「姫様は拗《す》ねておられるのです。これまでの感謝の念を伝えれば問題ございません」

「ちょっとクロエっ⁉」

相変わらず唐突に現れたクロエさんに肩に乗っていたキャトラがビクッとなって俺にしがみつき直していた。

「あんたもっ！　変なこと考えないで！」

「分かったよ」

「ふん……まあいいわ。今から行くのは教会。あんたを改めて鑑定する前に祝福を受けに行くわ」

「祝福、かぁ」

「まぁお飾りの儀式よ」

祝福とは教会に金を払うことで行える儀式であり、形式上貴族が成人する際に皆やらされる一種のイベントでもあった。

祝福によってまれに神や精霊の力を授かるというが、この辺りは昔の風習の名残《なごり》だろう。当時は教会が一定年齢に達した子どもに鑑定を行っていたのだ。

今はシエルのような能力者が増えたことや、簡易の鑑定技術が増えたことで形骸化したものだった。

「ここね」

「おお……」

王城に隣接する形で建てられた立派な教会。

装飾一つ一つが王城のそれと比べても遜色ないほど精巧な作りをしていた。

「中に入ったらこれを渡して」

「これ……え？」

「経費よ」

渡された革袋は金貨で満たされていた。

いくらあるんだこれ……。

「後は言われた通りにやればいいだけだから心配しないでいいわ。いつもの神官でしょうし」

「姫様、本日は教皇陛下直々の祝福だったのでは？」

「だから、いつもの神官でしょう。ただのおじいちゃんよあんなの」

シエルは相変わらずだな……。

「クロエさん、シエルって教会のこと嫌いだったり……？」

「いえ、複雑な心情かと想像いたします。尖った宝石の力を見い出したのが現教皇ロザベル様ですので」

「あー……」

尖った宝石。

抜群の鑑定眼を有するシエルの力を見い出したということは、そのままその後もシエルの重責なんかにも影響を及ぼしたことだろう。

一種のトラウマのようなものか、シエルにとっては……。

「何してるの。行くわよ」

「ああ」

そしてそんな状況にある傍若無人なシエルでさえ無視できない存在というのが、この教会勢力という訳か。

「ロザベル、入るわよ」

シエルが開け放った扉の先にいたのは……。

「ようこそ。迷える仔羊《こひつじ》よ」

「え……？」

教皇ではなく、フードをかぶった小さな少女だった。その少女はギルド試験で出会った——

「構えなさい！　レミル！」

「——!?」

シエルの言葉ですぐに臨戦体勢に入る。

だが……。

「ふふ。遅いですね、まだまだ」

「なっ!?」

少女との距離はかなり離れていたはず……。

だというのに、いつ動いたかも分からないまま背後を取られていた。一瞬も目を離していなかったはずなのに……。

「ミーッ！」

全く反応できなかった俺に代わってキャトラが動いた。

「おや、私を見て向かってくるとは……ですが今は大人しくしててください」

「ミュッ⁉」

一撃、いや軽く撫でられたようにしか見えなかったというのに、キャトラは意識を奪われていた。

「安心してください。殺してはいませんよ。それに戦いに来た訳ではありません」

シエルを見る。

「……こちらが仕掛けてどうこうなる相手じゃないわ……」

「そのようですな……」

Sランク冒険者であるクロエさんですら身動きが取れないということが、この少女の異常な力を表していた。

「分かっていただけたようで何より。ああ、ご安心を。このことはロザベルも了承済みですよ」

「教皇より上の存在……まさかと思ったけれど……」

「そうですね。貴方たちの言葉で言うなら、私は――」

少女がフードを取ってこう告げる。

「神に当たるでしょう」

その姿には後光が差しているようにすら見えた。

警戒を解けない俺たちと対照的に、リラックスした表情で目の前の『神』を名乗る少女は座る。

「さて、何から話しましょうか」

膝にキャトラを抱き、優しく撫でながらその少女、いや神は静かに話を始める。

「まあまずはお座りください」

話をするために俺たちもテーブルにつかされていた。

抵抗する気はないとはいえ有無を言わせぬオーラがある。

「ああ、この子のことは心配しなくても大丈夫ですよ。私の力をもろに受けてしまったのでこうして回復に……おや？」

「ミッ！」

意識が戻った途端、キャトラは俺のもとに駆け寄ってきた。

「ふむ……神の使徒たるベヒーモスがこうも懐くとは……凄《すさ》まじい力ですね」

神様にまっすぐ見つめられるが、少女にしか見えないその容姿に頭が追いつかない。

ただ俺のテイムが褒められたことは分かった。

「そろそろ本題に移ったらどうかしら？」

しびれを切らしたシエルが切り出す。

「そうですね……と言っても、今日姿を見せた理由は純粋に、あなた方が行う予定だった『祝福』を滞りなく進めるためでしたし、もうそれは完了していますす」

「え……？」

戸惑う俺をよそに、シエルの目がエメラルドのような輝きを放ち始める。

「なるほど……」

「どういうことだ……？」

「貴方のステータス、いえ、ここにいる全ての人間と、その子のステータスが大幅に上昇しているわ」

「そんなことが……？」

神は朗らかに微笑《ほほえ》むだけだった。

祝福……。

その言葉を受けてハッとした。身体が勝手に動いたようにも感じる。

「あ、じゃあこれを……」

祝福を受けたのであればと思いシエルに渡されていた金貨の入った革袋を差し出した。

「あんた……今ここでまずそれが出てくるのはある意味大物ね」

シエルに呆れられる。

我ながら場違いな行動だったなとは思うが……まあ大金をいつまでも持ち歩いていたくなかったんだろうなと自分で分析しておいた。

「ふっ……ここでその反応は予想外でした……やはり貴方を選んだのは正解だったようですね」

「選んだ……？」

ピンとこない俺にシエルが溜息を吐きながら説明してくれた。

「あんたが何度も人生をやり直させられた元凶が、目の前の神様って訳よ」

「あ……」

そうか。

俺がこうして八度目の人生を歩み始めたその理由、それがこの……。

「どうして……？」

「そうですね……それを話すのは貴方が無事試練を乗り越えてからで良いかと」

「試練……」

三年目のあの怪物を思い出す。

あれは神の試練だったのか……？

そして神は何のためにそんなことを……。

考え込みそうになったところで神様が再び口を開いた。

「とにかく、目的は『祝福』。本来はヒントを与えに来たつもりでしたが、隣の王女は思ったよりも優秀だったようですし、私はこれ以上必要ないでしょう」

「え……？」

もともと後光が差して光り輝いていた神の姿がその光に溶け込んでいくように霞《かす》んでいく。

「光魔法の才能は……しっかりと開かれているようですね。私からも力を授けます」

漏れ出した光の、神の一部がすっと、俺の中に入っていくような景色を見せられ……次の瞬間には、何もなかったかのように神の姿は消えてなくなっていた。

「あんた……とんでもないものに目をつけられてたのね……」

「どういう……」

「人の何倍もの経験を得る人生のやり直し。そんな超常現象に巻き込まれている以上それなりに厄介なのが出てくると思っていたけれど……」

シエルが頭を抱えた。

「なんかまずいのか……？」

特に敵意もない相手だったように思う。

むしろ神様って、基本的には人間の味方じゃないんだろうか……？

考えが顔に出ていたようでシエルが説明してくれた。

「良い？　神は人間の数次元上をいく超常生物よ。ドラゴン、エルフ、ヴァンパイア……あらゆる上位存在がいるけど神は別格」

そこまでは分かる。

もっともほとんどの超常生物、上位存在は今や神話で語られるだけになったが……。

「神はね、人間の味方でも敵でもないわ」

「敵よりは良いんじゃないか？」

「いいえ。敵のほうがまだいい。考えてみなさい。敵なら前だけ見て対策を講じればいいけれど、味方の可能性がある手に負えない化け物なのよ？　どう警戒していいかも分からないわ。機嫌を損ねただけでゲームオーバー。ほんと、勘弁して欲しいわ……」

「後半部分はまるで姫様のようでしたな」

「ちょっと⁉」

クロエさんが冗談めかしてシエルをなだめていた。

「来てしまった以上仕方ありますまい。いまは敵ではないことに感謝してやりくりする他ないでしょう」

「そうね……改めて今の力を鑑定し直して、今後のことを考えるわ」

事態は思ったより深刻なようだった。

だが俺の頭の中では、何故かしっくりくるほどシンプルな答えが出ている。

「なあ、神様って、【テイム】できないかな？」

「はぁっ⁉」

「ほっほ。これは面白い」

「あんた馬鹿じゃないの⁉　ドラゴンより数段上位の存在にだいそれたこと……」

シエルが叫んで、一瞬考え込む。

そして……。

「面白いわね、それ」

ニヤリと口元を歪めた。

「いいわ。あんたの今後の方向性が決まったわね」

「教会で神を恐れぬ相談とは……長生きはしてみるものですな」

二人とも楽しそうに笑う。

言った本人である俺がこの段になってようやくまずかったのではと焦ったが、もう後の祭りだった。

まあできることをやるしかない。そういう意味で一つ気になっていたのが……。

「最後にわざわざ渡してきた光魔法って……」

もともと全属性の魔法が扱えたが、最後のあれを受けて一気に自分の中の魔力が変化したのを感じている。

光魔法だけが他の魔法の適性の一歩も二歩も先を行ったような、そんな感覚だ。

「それも強化はしていくわ。最後に神が言ってたヒントってのがそれだしね」

「ヒント、か」

「今は考えないでいいわ。というより、あんたそんなに器用じゃないんだから一つ一つ目の前のことをこなすしかないのよ」

おっしゃる通りとしか言えない……。

そう言ってもらえるならお言葉に甘えておくか。

ほんとにシエル様々だった。

ちょうどそこでキャトラが完全に復活した様子で伸びをしながら声を上げた。

「ミー」

「あんた、神の使いみたいだけどこんな話に乗っかっていいのかしら？」

「ミッ！」

キャトラは当然だとばかりに鳴いて俺の頭の上に登る。

「まあそうね。最初から楯突いてたし」

「それもそうだな」

神様が驚いてたくらいだ。

神の使徒と言っていたか……。まあもともとベヒーモスはドラゴンよりも上位の神話級の魔物と考えると、不思議な話ではない。

もういきなり神が出てきた今となっては、そのくらいでは驚かなくなっていた。

「まあ、あくまで敵対するんじゃなく、完全な味方になってもらえばいいってだけだからな」

「あんたほんとに、なんか変わったわね」

「そうか？」

シエルの表情を見ると、そう悪い変化でもなさそうだからいいか。

良いということにしておこう。

「じゃあ鑑定と、ついでに武器も新調しましょう。あんたに合わせた装備もいくつか作らせてたし」

「そうなのかっ⁉」

専用武具なんて冒険者の憧れだ……。

「そんなことで喜ぶような状況なのに、よく神をテイムだなんて言い出したわよね」

相変わらずシエルは柔らかく笑っていた。

現状確認

「いい？　あんたのレベルとスキル構成はこうよ」

教会から移動してクロエさんとも別れ、久しぶりにシエルと二人で話をする。

キャトラは俺の横にぴったりくっついて寝ているが。

「おお……もうこんなに……」

ステータスは様々な能力の総合値として表示されるレベルとも呼ばれる概念だった。

レベルと呼ぶときは総合値、ステータスと呼ぶときはその中の細かな能力を指すことが多いが、鑑定で分かるのは主にレベルのほうだ。

「レベル八十七……？」

「そう」

「これがすごいのかどうなのか分からない……」

鑑定を定期的に受けられるのはごく一部の限られた者のみだったためレベルやステータスの表記を見てもピンとこないのだ。

「そうね……分かりやすいところで言うなら、Bランク冒険者はおおよそ四十から六十かしら。Aランクが七十前後。Sランクの下のほうなら、八十くらいかしら」

「え……」

「おめでとう。レベルだけならSランクよ。実績はまだ足りないけれど」

信じられない思いのほうが強かったが、シエルの言うことなんだから間違いはないだろう。

それに俺自身、現在地点はようやく見えてきたところ……自信がないという訳ではない。ただそれでもSランク超えはまだなのではないかと疑問に思ったのだ。

「よく考えてみなさい。あんたの元パーティーは腐ってもSランクだったんでしょう？　すでにレベル八十相当の力なんて見慣れてるじゃない」

「あー……そうなのか」

「ええ。特にあのリーダーだった男。正しい修練を積んでれば今、七十の後半辺りにはいるかしら？」

マーガスか……。

強いな。

それはつまりほとんど全盛期の力ということになるが……。

「ま、よほど優秀な講師が付くか、実戦中に覚醒でもしない限り今もまだ燻《くすぶ》ってるでしょうけどね」

「そんなもんか」

「でもまあ、あんたはこのままいくと負けかねないわよ」

てっきり自信を持てと言われるかと思ったが、こちらの予想外のことを言うシエルに驚く。

「仕組みを説明するわ」

シエルが紙を取り出す。

「あんたがなんでそんなに自信を持てなかったのか。私も改めてまとめてようやく気付いたのよね」

「まずレベルとは何か、だけど……ステータス全体を見た、その人間の総合値、というところまではいいかしら？」

「ああ」

レベルが高ければステータスは高いということになるし、逆も然りだ。

「でもレベルはそれだけじゃない。もう一つ、レベルに大きな影響を与えるものがあるわ。何か分かるかしら？」

ここまで言われれば予想は簡単だった。

「スキル、か」

「正解よ」

シエルが紙に情報を書き足す。

「ステータスとスキルの総合値、これがレベル。そしてあんたは今どうなっているかというと……」

ステータス、スキルと書き込まれた部分に、その大まかな強度を示す棒グラフが描かれる。

「こんなに差があるのか……？」

スキルの棒グラフがステータスの棒グラフの二倍あった。

「私もほとんどスキル構築に経験値を回していたのだけど……あんたが実力の割に自信を持てなかったことはここに由来してるわ」

トントン、とステータスの棒グラフを叩きながらシエルが続ける。

「実力、レベルの割に明らかにステータスが低いのよ。おそらくこのステータスはあんたの全盛期よりも低い」

「その通りだと思う……」

薄々感じていたところだった。

全盛期……五周目を越えた人生の終盤では、俺は明らかに今より強かったと言い切れる。

単純な腕力が、状況判断の視野が、動き出しまでのスピードが、全て今はまだ弱いのだ。

もっとも三年間の準備期間を終えた人生の終盤と比較になること自体おかしな話ではあるんだが……。

「とにかく、あんたはスキルだけが突出しすぎた。これはテイマーのスキルが伸びすぎたことにも関わってるわ」

シエルの言葉にキャトラが目を覚ました。

「通常のテイマーと同じく、術者のステータスよりスキル構成に経験値が割かれるようになった。このまま神に挑めばテイムどころか手も足も出ずに終わるわ」

シエルの言葉に抗議するようにキャトラが鳴く。

「ミー」

「分かってるわよ。その分あんたが強くなればいいけれど、相手が相手なの。万が一にも主人を死なせたくないなら、レミル自身も強くならないといけない」

シエルが真っ直ぐにこちらを見据える。

「神をテイムする、なんて言ったんだから、あんたは強くならないといけないわよ」

「ああ……」

覚悟はできている。

ステータスを上げろということであれば、それなりにキツいこともこなさないといけないだろう。

だがシエルの口からは、またもや俺の予想を外す発言が飛び出した。

「テイムを極めるわ」

「えっ……？」

「【能力吸収】よ。改めて鑑定して分かったけれど、あんたのテイマーとしてのキャパシティはまだまだ余裕がある。だったらこっちのほうが早いの」

【能力吸収】……ということは……。

「キャトラ以外にも使い魔を増やすってことか」

「徹底的に、ね。ドラゴンも、オーガも、エルフさえ、この世の何もかもを手中に収めるくらいに。それが神のテイムにも繋がるわ」

何もかもときたか……というかエルフって良いのか？

ダメだろうなぁ……まあ今はそれよりも……。

「キャトラが育つだけじゃ間に合わない……ってことか」

「正確にはそうじゃないというか……これがもう一つ、ここで改めて話をした理由ね」

シエルは何故か俺ではなくキャトラのほうを見た。

「ミー」

ばつが悪そうに顔を逸らすキャトラ。

「どういう……」

「本来なら十分すぎるほどの力を得てるのよ。この子、戦うときは大きくなるけれど、基本的には幼体のままで、あんたにも力を還元してないの。あんたにいつまでも甘えていたかったのね」

「そうだったのか」

キャトラを見つめる。

なんかしばらく顔を逸らしてごまかそうとしていたが……。

「ミー！」

何故かキャトラに飛びかかられる。

そして……。

「え……？」

「もうっ……ご主人様には完璧に変化できるようになってから見せたかったのに！」

キャトラが美少女になっていた。

⚜

「言ってたでしょ。神の使徒だって」

「それは言葉通りにしか受け取ってなかったからな……」

神の使徒が美少女になるとかどんな……いやキャトラは完全な人間ではないが……今もぴょんぴょん尻尾が揺れ、頭部に耳もついている。

なんなら調子によって猫がそのまま二足歩行を始めたかのような獣人の姿をとることもあった。

「見ないで欲しいにゃ……変化がまだ完璧じゃないから……」

照れてどんどん毛が増えて人間から獣人の姿に変化していくキャトラ。

顔を隠す手が肉球になっていた。それでも照れる姿は可愛いのでなんかこう……。

「あまりじろじろ見ないの」

シエルに顔の向きを戻された。

「で、なんか感じるでしょ」

「感じる……？」

身体に意識を向けると……。

「おおっ!?」

「これがあの猫が溜め込んでた力ね」

「猫聞きが悪いにゃ！　別にご主人を騙す気はなかったのに！」

「分かってるわよ」

何か言い合いをしているが俺はそれどころじゃなかった。

「こんな力が……？」

キャトラの成長を実感した影響か、俺のステータスが一気に上昇した感覚がある。

「もう一つ、この子が隠してることがあるわ」

「えっ？」

シエルが言葉を続ける。

「この子、勝手に貴方の側を離れてたこともあったでしょう？」

「そういえば……」

思い当たる節はある。

気まぐれに散歩でもしてるのかと思っていた。

呼べば来るし気にしたこともなかったな。

「その間にすでに魔物たちを複数傘下に加えてきているのよ」

「うぅ……ごめんなさいにゃ」

何故かしょんぼりと耳もうなだれながら謝るキャトラ。

「なんで謝る……？」

「勝手にご主人の側を離れて勝手に子分を作って……」

「いや、そのおかげでキャトラは強くなって、俺もこの力が得られたんだろ？　よくやったよ、キャトラ」

「にゃっ!?」

撫でるとピンと尻尾を立てて顔を綻ばせる。

と、同時にどんどん人間の姿が崩れて猫を撫でているようになっていったんだが……。

「その辺にしときなさい。溶けるわよその子」

「にゃふー」

完全に元のキャトラの姿、子猫のようになってベッドで転がっていた。

「という訳で、あんたの力は本来これだけあったのよ。でもまぁ、それでも神を相手にするには足りないから、この子を含めて今後の方針を固めないといけなかったって訳」

「それでわざわざ時間を取ったんだな」

「これで自信のなかったステータス問題も解決するでしょうし、やることも明確になったからね。いよいよ戦争に向けて動き出すわよ」

まあ、キャトラが傘下の魔物をすでに集めているということなら、やることは確かに明確になった。

そしてこれは長期的な目標に関わる話であって、今の俺の目の前の問題は……。

「戦争……か」

いよいよマーガスとやり合う訳か。

一度倒したからといって油断してはいけない相手だということは嫌というほど知っている。

なんせ七周も付き合ったんだからな……。

新たな仲間

「さて……ようやくこれで本題に入れるわね」

「ミー……！」

キャトラはもとの猫の姿で俺の膝の中に収まっている。

収まりながらもシエルに抗議するように鳴いていたが無視されていた。相談なく色々バラされて不服なんだろうな。

撫でてやると一応大人しく話を聞き始めた。

「まず目下の目標はギッテル伯爵の防衛戦への参戦とそこでの活躍だけど……戦争で必要なスキルを取得してもらうわ。いえ、それが使える使い魔がいればいいわね」

「戦争で必要なスキル……？」

「ええ」

戦争……。

実際にやったのは何回だったか。あのときも俺はついていっただけだったとはいえ、ギッテル伯爵の配下として参戦していた。

マーガスたちと一緒に、アルカス家の軍とぶつかった訳だ。

そこで必要だったものは……。

「拘束スキルか」

「そう。この辺りはあんたは経験者だから分かると思うだろうけど……これは内戦だからね」

何も知らなければ広域攻撃魔法とか言ってた気がする。

「死者はなるべく出したくないからな……」

軍と軍がぶつかり合うときに必要なものとして真っ先に思い浮かぶのは、人と武器だろう。

これらが揃わなければ戦争にならない。

だが実際に戦ってみると戦争というのは思いの外、金が足りなくなるのだ。

だから相手の軍を蹴散らすことよりも、相手の金を奪うことを優先するほうが効率が良い。

特に自国民同士で戦うのに死人を出すのはあまり褒められた行為ではない。もちろん多少は出るけどな……ただ殺すより捕虜にして、後日人質を買い取らせたほうが相手のダメージが大きいのだ。

「そこまで分かってるなら話は早いわね。拘束にはいろんな手段があるけど、あんたはもうテイマーとしてやっていくんだしそれを生かしたほうがいいけど……」

「拘束用の魔物を従える、か」

「あんたがやらなくてもこの子がもう集めてるんじゃない？　どのみち一度この子の傘下の魔物は確認しておきたいわ。特に力のある子だけはあんたが直接使役して、他の子は引き続きベヒーモス傘下という扱いで良いと思うし」

シエルの言葉を聞いていたキャトラが半分人間の姿に戻る。

今のキャトラは猫が二足歩行型になっただけと言っていい獣寄りの獣人だった。リラックスしているようで俺の膝から頭を動かそうとはしなかったが。

「確かに何体かは使えそうなのがいるにゃ」

「呼び出せるかしら？」

「明日起きた頃には呼んでおくにゃ」

得意げにそう告げて俺の膝に頭をこすりつけてくるキャトラ。

その頭を撫でながら俺はキャトラにこう聞いた。

「そいつらって、王宮に呼びつけて大丈夫な見た目なのか……？」

キャトラのように人化できたり無害そうな子猫の姿なら問題はない。

だが拘束用の魔物と聞いて思い浮かぶのは蜘蛛《くも》やスライムといった、どちらかといえば見る者に敵意を感じさせる見た目の魔物だった。

「あ……」

「全く考えてなかったようね」

キャトラはバツが悪そうにしゅんと耳を垂らしていた。

「どっか外で合流地点を決めてそこに来てもらおうか」

「そうね。場所は見繕っておくわ。話だけつけておいてくれればいいから」

「……分かったにゃ」

落ち込むキャトラを撫でる。

「でも！　きっとご主人さまのお役に立てる子たちにゃ！」

「期待してるよ」

「ミー！」

気持ちよさそうに目を細めるキャトラの首を撫でてやる。

うん。獣寄りなら変な気持ちも起こらないな。

人型のときのキャトラは刺激が強すぎたし、このくらいが丁度良いかもしれなかった。

⚜

翌日、シエルが指示した森の一角にキャトラの従える魔物たちが集まっていた。

「おお……すごいな……」

「ミー！」

キャトラは子猫の姿で得意げに鳴いて俺の胸元に飛び込んでくる。

「なるほど……考えたわね」

キャトラが集めた魔物は……。

「触手か」

「ミー」

褒めろとアピールするので撫でておく。

だがこれは……。

「まあ、基本的に女性の拷問に使うけど男を拘束できない訳じゃないわ」

「やっぱイメージはそっちだよなぁ」

「まあ良いじゃない。スライムだと弱すぎるし、虫の魔物より考えようによってはとっつきやすいわ」

シエルは前向きにそんなことを言うが言葉と裏腹に顔が引きつっていた。

こころなしか距離も遠いな……。

「というかこれ、何匹いるんだ？」

一匹が何本の触手を持っているか分かりにくいため塊のように見えているが一匹ではないだろう。

「ミー！」

キャトラが何か指示をするように声を出すと、絡まっていた触手が解けてそれぞれ距離を取って並んだ。

「六か」

「これだけいればそれなりの戦果は挙げられるかしら」

「一匹に八本以上触手があるからそれだけで五十人くらいになるか」

「そうね」

基本的には触手に戦わせる訳ではなく、触手には人質を持たせておくだけになるだろう。

「あんたの覚えた武装解除とこれは相性が良いわね。値段がつきそうな順に優先して捕らえていけば良いと思うわ」

「そうするか……これ、俺が直接テイムしとく必要はあるのか？」

「んー……どっちでもいいんじゃないかしら。使い魔の傘下ならすでにテイムの恩恵は得られているはずだから……わざわざテイムするのはその中でもよっぽど恩恵の大きいものに絞っていいと思うわ。でもまあ、あんたがやりたいって言うなら……いえ、やめておきましょう」

一瞬躊躇したシエル。

なんだ？

「顔が赤いぞ？」

「うるさいわね！」

よく分からないがシエルが言いたくなさそうなのでいいかと思っていると、キャトラがパッと腕から離れて人化した。

「テイムするといいにゃ！　ご主人さまのスキルもアップするから！」

「触手でアップするスキルが何か分かってる訳⁉」

「もちろんにゃ！　女の子を気持ちよくする……あ……」

なるほど……。

「……好きにしなさい」

いたたまれなくなったのかそれだけ言ってシエルはどこかに歩き出す。

「どうするか……」

「ミー」

いつの間にかキャトラは猫の姿に戻っていた。

「まあ、減るもんじゃないしやっとくか」

他意はない。

他意はないが、何かあったときのために触手たち六匹は全部テイムしておいた。

ようやくの気付き

「いよいよですか……父上」

「準備はできておるようだな」

「はい。いつでも」

アルカス領。

マーガスは自領土が戦争の熱に包まれていくのを肌で感じ取っていた。

もっとも、内戦を理由に増税が分かりきっていたことから、状況の読める者はすでにこの地を離れていっていたのだが。

「今回の戦い、負ければ我がアルカス家は全てを失うものと思って臨め」

アルカス伯爵にとってはまさに決死の戦いだった。

戦争前の熱気に当てられてようやく、アルカスはそのことに気が付いたのだ。

勝てば何も問題ない、としか考えていなかった気楽な領主が、ここにきてようやく負けたときにどうなるかを案じ始めていた。

資金援助で恩を売っていたはずが、逆にローステル法務卿に目をつけられる事態になった今回の件。

このまま黙っていればギッテル伯爵を通してアルカス家はロ－ステル法務卿に滅ぼされる。

大臣クラスの後ろ盾などあるはずがないアルカス家にとっては家が存続するかどうかの瀬戸際なのだ。

「全く……これでは何のために金を配っていたか分からんな……」

周辺貴族ももちろん状況は把握している。

だが表立って法務卿に楯突くような貴族などいない。

言ってしまえばアルカスは、小さな貴族に金を撒くことで自分の優越感を満たしていただけ。

肝心の有事に援軍一つ現れないことが、金の使い方、普段の態度、その他様々な、アルカス伯爵の問題点を浮き彫りにしていた。

いや正確には表立っていなければ支援もあったのだが、それは戦争の抑止力にはならなかった。

この事実もまた、アルカスが負けを意識するきっかけになっていた。

「勝たねばならぬ……」

「おまかせを」

声をかけていたエ－スクラスの人材の勧誘は、実はほとんど空振りに終わっていた。状況が読める者は勧誘に動き出したときにはすでに領地を離れていたし、周辺貴族の動きも思ったより芳しくなかったのだ。

アルカス家の命運はもはや、マ－ガスに託されたと言っても過言ではない。

三人の兄はマーガスほど直接的な戦闘能力は持たない。

軍を任せることはあっても、エースとしての活躍を期待することはできなかったのだ。

「私の力、中央にまで轟《とどろ》かせてみせます」

マーガスにとってみれば、今回の戦争は自分の力をアピールするまたとない好機だった。

雑用係としてこき使おうと思っていたレミルにいいように遊ばれた過去の汚点を払拭しようと思えば、戦争ほど派手で手っ取り早い手段はなかった。

尖った宝石……国宝の力を借りて自分を嵌《は》めたレミルへ力の差を見せつけ、今度こそ国宝を手中に収めるために、まずは父に、そして中央に力を認めさせる必要がある。

どこの馬の骨とも知れぬほとんど平民のレミルなどに王女がかまっているのは由々《ゆゆ》しき事態だ。

レミルの悪事を止められるのは自分だけだと、まるで前世までの勇者候補の記憶にすがるかのように妄想を繰り広げていた。

「今の俺なら千……いや三千は相手にできる……！」

エースクラスに求められる役割は一騎当千。

だがマーガスの頭には、相手にもまたエースクラスが存在するという考えがほとんどない。

自分たちが獲得できなかったのだから相手もそうだと思いこんでいるのだ。

圧倒的な力差のある相手を一方的に攻撃することは得意だとしても、エースに求められるもう一つの役割。強敵の排除というところにはあまり、頭が回っていない様子だった。

思い出したこと

「はい。じゃあ今日からあんたは騎士ね」

「え、こんなあっさり……？」

「あっさりも何も、しっかりやってきたじゃない。玉座の間で剣に誓ってたけど、あんた」

「いや、まあ……」

現実味がなくて意識が飛んでいたのかもしれない。

うちの家は確かに貴族家ではあったが、騎士というのは基本的に子に継承できない一代限りの爵位だ。父さんは田舎の農作業中にお宝を見つけて献上したから貴族にしてもらえた、なんて言ってたけど、もともと継承権がないことも分かっていたし、爵位は持っていても農家と同じように過ごす家で育った俺にとって、自分が貴族になるなんて考えもしなかったことだ。

「何を今更……教会で神まで出てきたのに普通に爵位と勲章貰《もら》ったくらいでぼーっとされたら困るわ」

「まあそれはそうなのかもしれないけれど……」

いや逆か。神様くらいぶっ飛んでればともかく、さっきのは現実味があるせいでむしろ現実感がなくなったんだな……。

「で、いよいよ戦争だけど」

「そうか……戦争か……」

「とはいえ内戦だし、大した相手じゃないけれど」

簡単に言うがそれでも戦争は戦争だ。

過去にもアルカス家とは戦っているが、なるべく捕縛を、という方針であっても人は死ぬ。

大した相手じゃないとはいえ、今回のループはこれまでとまるで違うのだ。

マーガスはともかく他の部分に警戒も……あれ？

「シエル……アルカス家の戦力をもう一回確認したい」

とんでもないことを忘れていた。

いや、それまではなにか制限がかかっていたかのように、今になって初めて思い出せた。

「何よ弱気ね、あんたはもう勇者で……」

「思い出したんだ！　戦争は楽勝だった、でもあのあと勇者になったマーガスが全く歯が立たなかった相手がいた。あれは……」

シエルの目の色が変わる。

次の瞬間にはクロエさんが動き出したのが見えた。

「思い出せる範囲の全てを喋りなさい」

「ああ……」

必死に記憶を手繰り寄せる。

そう……アルカス家は結局エースクラスの用意ができずに、マーガス率いる俺たちのパーティーに完敗。

あまりに圧勝すぎたためにかえって被害を出さずに済んだくらいだ。接戦のほうが事故は起こりやすいから……。

ほとんど無傷でアルカス領主、マーガスの父を追い詰めたところで、それが現れた。

「あのときの俺じゃあ差が分からなかったけど、マーガスも、ルイも、アマンも、もちろん俺も……誰も一歩も動けないほどのオーラを放っていた」

「それで……？」

「それだけなんだよ。もう戦争自体はほとんど終結と言っていい状況で現れて、何もせずに姿を消した……」

「そう……」

シエルが考え込む。

だがすぐに顔を上げてこう言った。

「考えても仕方ないわね、これは」

まあ……確かにそうだな。元も子もないが……。

「クロエの情報をもとにまた考えましょう。とはいえ単体戦力は事前に察知しづらいんだけど

「前回までと同じように圧勝で早期決着すれば条件は揃えられるか……？」

「……」

「まあ他にどうしようもない以上それを目指しておくしかないでしょうね」

あの相手が何を考えていたのかは分からない。

あの場面まで動かず、いや、ああなってなお動かなかったということは、アルカスの味方という訳でもない様子だった。

アルカスとマーガスの関係者でどちらとも戦いたくなかったとも考えたが、マーガスが全く知らない相手だった様子からして微妙だろう。

情報が足りなすぎるな……。直前まで思い出せなかったことを悔やむ。

あとできることは……。

「キャトラ」

「ミー？」

「キャトラの傘下に諜報活動ができそうなのはいるか？」

頼られたのが嬉しかったのかポンッと人化してこう言った。

「いるにゃ！　沢山いるにゃー！」

アルカス家から辿っていけば何かに繋がるかもしれない。

「というかキャトラ、一度あんたの従えてる魔物の情報を出しなさい。まとめるわ」

「うぅ……思い出せるかにゃ……」

「あんた……」

シエルが呆れるがそれくらいキャトラは積極的に動いていたということだろう。

「数は？」

「百から先は数えてないにゃぁ」

「百……」

すごいな……。

想像以上だった。

「まあいいわ。そしたら強い順に呼び出しましょう」

「それならバッチリ覚えてるにゃ！」

そう言ったかと思うとすぐさま窓のほうに走っていって遠吠えするようにキャトラが鳴いた。

『んにゃぁぁあああああああああ』

「随分気の抜けた遠吠えね……」

「でも……声量はすごいな……」

周囲の空気を震わせるそれは咆哮と呼んで差し支えないものだった。

さすがは伝説の存在、ベヒーモスだ。

「このペースであの子が集めてきた魔物をあんたがテイムしていけばいいんじゃない？」

「頼りってのもなぁ……」

俺がそう渋るとシエルが呆れたようにこう言った。

「はぁ……あんたが自分でテイムを始めたらあの子、いじけるわよ」

「そうか？」

「そうよ。とにかくテイムはもうあの子に任せなさい。あの子が強くなればあんたは強くなる。あんたが強くなればあの子も強くなる。それでいいのよ」

「シエルが言うならそうするか」

そう言うと、ちょっと意外そうに目を丸くしてシエルがこちらを見つめていた。

「なんだよ」

「いや……またちょっと雰囲気が変わったと思ったのよ」

全く覚えがない。

「前までのあんたならもっと後ろ向きに言いなりになってたけど、今の判断はあんたの意思があったわ」

「ああ……」

それは多分……。

「来たにゃ！」

ちょうどよく話が遮られた。

「ご主人！　こっちにゃ！　こないだと同じ場所に呼んでるにゃ！」

「分かった分かった、引っ張るな」

　キャトラを見てると俺もしっかりしないといけないという想いが芽生え始めたからだろう。


「これ……思ったより多くないか？」

「なんかみんな来ちゃったにゃ……」

　キャトラの案内に従って進んでいくと、スタンピードでも起きたかと思うほどの魔物の大群と出会った。

「百より先は数えてないって冗談じゃなくほんとだったのね……」

　シエルも呆れるほどだ。

　何体いるのか確かに数えるのも億劫《おっくう》だった。

「シエル、これ……」

　流石に人目につかない場所を選んだとはいえ王都の近くにこれだけ魔物を集めるのはまずいと思い確認する。

　言い終わる前にシエルがこう言った。

「分かってるわ。クロエ……はいないのねそういえば」

「いえ、こちらに」

さっきマーガスの件で動き出したところだと思ったんだけどな……。

「そちらも人を使って動いておりますのでご安心を」

当たり前のように心を読んだ上で完璧な対応をしていた。さすが過ぎる。

まあ何はともあれクロエさんに任せておけばこれは大丈夫だとして……。

「まあいいわ。強い順にお披露目という部分は変わらずにいきましょうか」

「分かったにゃ！」

キャトラが答えて魔物の群れのほうに駆けていく。

にしても多いな……。スライムからゴブリン、狼や熊の魔獣はまあいい。ジャイアントデスワームやファイアリザードって、Bランクパーティーと互角以上なんだけどな……そんなのもごろごろいる。

その中でも選《え》りすぐりということはそれなりに期待できるだろう。

程なくして四体の魔物がキャトラに引き連れられてやってきていた。

「連れてきたにゃ！」

「これは……」

「さっきまでどこにいたんだこんなの……」

まず目に入るのはどこに隠れていたのかと思うほどの巨体。

一体で城を破壊しつくせそうなその存在感を放つ魔物は……。

「キングトロールか」

「妖精の王、ね」

トロール、オーク、ゴブリン、コボルト……この辺りは妖精種として括られることが多い。

元はエルフからの派生とすら言われているが、流石にもうそこは区別されている。

醜人種なんて呼ばれることがある状態だけどそれじゃあまりにも……って感じだしな。

このキングトロールなんかもでかいだけでそんなに醜いような見た目ではないし。

「キャトラ、キングトロールに妖精種の統率って頼めるか？」

「できるにゃ！」

見たところゴブリンを中心に数も多いし、まとめ役がいるのは助かる。

キングトロールはシエルを見ると黙ってうなずいた。問題ないということだろう。

「じゃあそういう契約で、【テイム】」

「グォオオオオオオオ」

大地を震わせる咆哮で応えてくれた。

かと思うとキングトロールの姿がみるみる小さくなっていき……そして——

「必ずやお役に立ってみせましょう」

優雅な立ち振舞いで片膝を突いてそう告げる美少年がそこにはいた。

「えっと……」

「存在進化ね……あんたの【テイム】どんどん化け物じみてきたじゃない」

シエルが口角を上げる。

「これは……」

「妖精王オーベロン。神獣クラスがまた増えたわね」

「にゃー!?　私が一番！　私が一番!?」

シエルの言葉に慌てふためくキャトラ。

「大丈夫大丈夫。キャトラが一番だから。えっと、オーベロン、でいいのか？」

「なんとでもお呼びください」

若干やりづらい……。

「キャトラを中心とすることに異論はないか？」

「もちろんです」

「じゃあそういうことで……。オーベロンには妖精たちの世話を頼む」

「はっ」

という訳で話をまとめて何かに怯えるキャトラを撫でて宥《なだ》めておいた。

「このペースだと四体の相手でもそれなりになるわね」

続いて目に入るのはそれぞれエンペラースライム、グランドウルフ、そして……。

「ドラゴンの幼体か……？」

「きゅー！」

まだ肩乗りサイズだというのにとんでもないオーラを放つドラゴン。

これも【テイム】したらとんでもないことになりそうだった。

奥の手

「ようやく来たか……」

アルカス伯爵が安堵するように目の前に現れた白い装束の何者かたちにそう言う。

彼らは黙ってその場に立ち尽くすだけだ。

「此度《こたび》の戦争、負ける訳にはいかぬのだ。お主らの活躍に期待しよう」

「我々は我々の仕事をするだけだ」

「それで良い。さて、戦争などはやはり金を使えるほうが勝つものだな。あちらにお主らほどの優秀な者を雇う金はなかろうて」

アルカスのもとには直接的な支援はやってこない。

だが金を持つアルカスを潰す訳にはいかない事情のある貴族もまた、いくつかはいるのだ。

そのうちの一つ、非合法の錬金術の研究を進めるキーエス家にとって、スポンサーのアルカス伯爵の存在は大きい。

名のあるエースクラスや多数の兵を送れば問題になるが、キーエス家が送ったのはただの研究員。

それも一名を除いた他の者たちは、末端の研究員たちだった。

「さすがは頭の切れるキーエス卿。道具ごと渡してくれるとは気が利くではないか」

周囲に聞こえぬようにそう言ってアルカスがほくそ笑む。

キーエス家の研究内容は多岐にわたるが、その中の一つが人体改造研究……ドーピング材料の研究だった。

末端研究員という名の駒、戦場という名の実験場所……キーエスにとって、この内戦はそういうものだった。

「父上！　出陣の準備が整いました！」

「うむ。行かせろ。私はやることがある、影の者にいつも通りやらせて進ませよ」

「はっ！」

マーガスの兄、長兄ルーガス。

大柄な身体で普段は警備隊長を務めている。

今回の戦争では将軍として先陣を切る。

マーガスとは違いエースとしての活躍は期待されていないが、ルーガス自身はそう思ってはいない。

野心家の家系の長兄が何も考えていないはずもないのだ。

「父上、必ずや活躍してみせます」

「期待しておるぞ。戦果によってはお前にならすぐにでも家督を継がせてやっても良いのだからな」

父子の会話とは思えぬ腹のさぐりあい。

どちらもが相手の言うことなど信じてはいない。

だがそれでも、相手をその気にさせるには十分だった。

「ふん……まだまだ青い息子に領地を任せられるか……任せるのは私が中央に役割が持ててから、その後釜で良い」

「父に認められずとも、領民の支持さえ得られればよいのだ……この機会無駄にはしない。マーガスなどに目立たせてたまるか」

それぞれの思惑を抱えながら、アルカス家の進軍が始まった。

四天王

「とんでもないことになった……」

「いいじゃない。ベヒーモスを筆頭に四天王、それら全ての頂点にあんた。さながら魔王ね」

「予定より早い……」

確かにそういう話もあったが、勇者を育てると言って出てきたのにほんとに魔王を作ってどうするんだ……。

そもそも魔王というのが否定しきれない陣容になってきたのも問題だが……。

まだオーベロンしかテイムしていないが、一旦状況を整理していく。

まずキングトロールから妖精王となったオーベロン。ゴブリンやトロール、オークなどの妖精種を束ねる。

そしてエンペラースライム。周囲にいるスライムを無条件に傘下に加えるという破格の性能を持ち、触手など無定形の魔物はエンペラースライムが従える。

グランドウルフ。狼系最強種の魔獣で、狼はもちろんその他の魔獣系の魔物が大量に傘下にいる。

最後に……。

「きゅー」

「可愛いんだけど、これ一体で戦争終わるだろ」

「幼体とはいえドラゴン、それもその辺にいるのとは訳が違うわね……」

シエルの様子を見るだけで、いやこの子から放たれるオーラを感じ取るだけで分かる。

ただのドラゴンなら山岳地帯などの巣に行けば出会えるし、それなりの冒険者パーティーであれば、はぐれドラゴン単体なら相手取っても問題はない。

だがこの子はそういった普通のドラゴンとは一線を画する何かがある。

鑑定のために目を輝かせていたシエルが息を吐き、その答えを教えてくれた。

「ククルカン……ベヒーモスと並ぶ神獣ね」

「にゃっ⁉　やっぱこの子返してくるにゃ！」

「きゅー！」

大人げない……いやキャトラも十分子どもなんだけど、幼竜と比べるとお姉さん感があるんだよな……。

「心配しなくてもそう簡単に人化もしないわ。成熟するのに必要な年月がかかりすぎる。生きてる間に成体を拝むのは無理でしょうね」

「それならいいにゃ」

キャトラは気付いていない。

本来ならベヒーモスも幼体で出会って人化や成体の姿を人間が拝むのは不可能であることに。

だがまあ本人が納得したなら良いだろう。

「きゅー！」

「随分懐かれたわね」

「何もしてないんだけどな……」

「分かってるんじゃない？　あんたのテイムが潜在能力を引き出すことを」

「なるほど……」

本能でそれが分かるのか。

「じゃあキャトラ、この四体は直接テイムに切り替えるからな」

正確にはオーベロンだけは完了している訳だが。

「分かったにゃ！　でも……」

「分かってる。キャトラが一番」

「ミィー！」

首元を撫でると嬉しそうに鳴きながら身体を擦り寄せてくる。

「やるか」

四体とも規格外の大物。

一体のテイムでどれだけ消耗するかはオーベロンで分かっている。

感覚としては意外と大丈夫だなというところだった。

が……。

「きゅー？」

無邪気に首を傾げる神獣ククルカン。

この子だけは少し不安に感じながら、それでもシエルが止めないということは大丈夫だと判断して【テイム】を行う。

「ぐっ……」

思ったより持っていかれた……。

姿を見せたのは……。

オーベロンと同じく片膝立ちで頭を垂れる二人の人間のような何かと。

「きゅー」

少しだけ成長したように見える神獣、ククルカンだった。

「エンペラースライムはもともと人化はできたんでしょうね。人化というより、何者にでもなれる、と言ったほうが良いかしら」

シエルの言葉に合わせるように妖艶な美女の姿を取っていたスライムが青いゼリー状の塊になり、再び人型を取り戻していく。

出来上がったのは……。

「シエルか……これはすごいな」

「私も鑑定眼なしじゃ見分けが……ってどうして服を着ていないのかしらっ⁉」

変身技術がすごすぎてそっちのけになっていたが出来上がったシエルは確かに一糸まとわぬ姿だった。

こうして見ると本当によくできて――

「のんきに見てないでやめさせなさい！」

「ああそうか……あんまりいたずらするな」

そう言うと再びシエルの身体が青いゼリー状になっていく。

結局そのまま中途半端な青い人型の姿で俺の前でふよふよと佇んだ。

「それにしてもすごいな……ここまで再現できるなら色々使えそうだ」

「変なことに使うんじゃないわよ」

ジト目でシエルに睨まれる。

俺が指示した訳でもないのに……。

「で、こちらは……」

「ライカンスロープね。グランドウルフベースの人狼なんて……世が世ならこの子が魔王よ」

狼男。

上位種にあたるライカンスロープは、それ単体でヴァンパイアに匹敵するほどの魔物だ。

それが魔獣系最上位種のグランドウルフをベースにして生まれている。

ヴァンパイアロードにも匹敵する伝説級の存在という訳だ。まあそれを言うならオーベロンで神話級、ククルカンとベヒーモスは文字通り神獣……本当にとんでもない戦力だ。

「魔獣系の統率はお任せを」

低く渋い声が信頼感を醸し出す。

「よろしく頼むよ。二人とも」

スライムのほうは形を変えて同意を示し、ライカンスロープは再びその重低音を響かせながら気合いを入れる。

たったそれだけで、近くにいた獣たちが慌ただしくなるほどのオーラがあった。

「で、お前もよろしくな」

「きゅー！」

俺のテイム程度ではまだ人化もしないし成長もこの程度ということだろう。

「オーベロン、ライカンスロープ、エンペラースライムはそれぞれ傘下の管理と戦力増強を。で、その子はもう連れて行ったらどうかしら？」

「俺もそう思ってた」

ククルカン自体が規格外の魔物。野放しにしていたら下手をすると討伐対象になりかねない。

他の三体ももちろんそれだけの力がある……というよりシエルが言っていたが本当に魔王にな

りかねないだけの力を持った魔物たちだ。

彼らには知能がある。

キャトラを通じて指示を与えるだけでうまくやってくれるだろう。

「じゃあ不便だから名前だけ考えるか」

「きゅー！」

嬉しそうに鳴くククルカン。

安直だが……。

「ククルでいいか」

「くきゅー！」

嬉しそうだしこれでいいということで……。

「安直ね」

シエルには再びジト目を向けられることになったがまあいい。

他の三体が羨ましそうな目をしていた気もするが今名前を求められたら同じような安直さだぞ？　良いのか……？

「……名前、欲しいのか？」

三者三様、オーベロンは跪き頭を垂れ、ライカンスロープは咆哮を上げる。そしてエンペラースライムは身体をふよふよと震わせ興奮を表してきた。

「じゃあ……」

考える……。キングトロールから生まれたオーベロンは……。

「トロン、で良いか？」

「もったいないくらいです。ありがとうございます」

ライカンスロープは……。

「ライ」

「ありがたき幸せ」

お、意外と調子が良いな。

エンペラースライムは……。

「スラ子……はやめとこう」

裸の美女に睨まれてしまった。

「えーっと……エリスでどうだ？」

にっこり微笑んでくれた。

良かった……。

「まあとにかくこれで、おおよそあんたの戦力も分かったわね。普通に領地持ち大貴族と同じね」

「全部投入したらそうなるな……」

「流石にさせないわ。今これだけの戦力を保有していることは公表しない。少なくとも三年後の事件を迎えるまではその二匹とあんた自身だけが戦力だと思っておきなさい」

「ミィー！」

「きゅー！」

ベヒーモスとククルカンと考えると十分すぎる戦力だった。

「あとはリムド爺が作った武器と、あんた最初に宝物庫から色々持っていったの、この子たちに配ったらどう？」

「良いのか？」

「良いわよ。リムド爺も言ってたじゃない。使わないとしょうがないって」

そうは言っても国宝を魔物に渡して良いのか？

良いのか、王女が言うなら……。

「じゃあ……」

マジックバッグからあのときシエルが無闇やたらと突っ込んだ武具を出していく。

「トロンは剣だな」

「良いのですか……このような……」

感極まって泣いていていた。

「ライならこれも使いこなせるか」

「ありがたく……」

爪型の武具。本来はドラゴン用だったかもしれないが、サイズ的にな……。

キャトラは俺と同じようなサイズだがライカンスロープは人間よりふたまわり以上大きい。使いこなせるだろう。

「スライムってなんか持てるのか……？」

「これなんか良いんじゃない？」

「あー」

シエルが取り出したのは魔術師用のローブ。

「どうだ？」

嬉しそうに身にまとってくれていた。

「あとは適当にこの子たちにあずけておけばそれを使って組織化できるわ」

「組織化？」

「ええ。トップがあんた、その直下にベヒーモス、そしてこの四天王。その下にいる子たちは一任するなら、そこで優秀な働きをしたらこういうのが貰えるって思ってもらえたらやる気も上がるでしょ」

なるほど。

そう言いながら次々にマジックバッグから剣やら槍《やり》やら様々な武具を取り出しては魔物たちに

渡していくシエル。

戸惑いながらもそれぞれが武具を受け取る。

「そのスピードで仕分けられるのはさすがだな」

「あら、あんたのことだから適当に配ってると思うかと思ってたわ」

確かに前までの俺なら気付かなかった。

シエルが渡す武具は妖精種、スライム、魔獣のそれぞれに合わせて仕分けられていた。

そりゃある程度なら分かるが、その全てがきっちりと無駄なく行われていることにまで気付けるようになったのだ。

「私は何かにゃ？」

キャトラがそわそわしながら近づいてくる。

「あんたはあとで」

シエルにあしらわれてこちらに戻ってくる。

「あとでってことはリムドさん、キャトラの分も用意してくれたのか」

「ミィー！」

嬉しそうに鳴くキャトラ。

俺自身、専用武具に期待が高まっているところがあった。

「楽しみだな」

「こちらがレミル様のために作らせていただいた武具にございます。細かい調整はこれから行いましょう」

「おお……」

目の前に広がる夢のような景色。

——専用武具

この響きに憧れない冒険者などいないだろう。

「なるほど。これは良いんじゃない？」

「腕によりをかけましたので」

用意されていた防具は急所を守るプレートメイル。

その素材はひと目に一級品であると分かる。

そして……。

「槍……？　じゃないな、これは」

「大刀《だいとう》の一種ね。偃月刀《えんげつとう》かしら？」

「あまり重くしてもと思いましたのでほどほどに。要は攻撃範囲を重視した武器でございます」

なるほど。

槍のような長い柄の先につけられたのは、半月状の大刀だった。

見るからに重そうだが……。

「素材が良いので軽々持てるはずです」

「おお……本当だ」

持ち上げてみるとそのサイズの割に十分小回りの利く性能に驚く。

「戦争においてエースクラスに求められる働きは大きく二つでございます。数を相手取るか、強敵を打ち破るか」

「これは前者用という訳ね。あんた無名だからまずはこれでひと暴れして注意をひきつけなさいってことよ」

「そういうことか」

よく見れば刃は潰れている。

切ることよりも吹き飛ばすことを目的としたからだろう。打撃武器に近い構造だ。

「今のあんたはあれだけの大群を引き連れたテイマー。人間数人くらいは優に吹き飛ばす力が備わっているわ」

それは確かに、シエルに言われる以前から身体の変化を感じているところだった。

「思い込みというか、自覚が大事みたいね。あんたは。本来はその子——キャトラが傘下に加えたことはもっと前に分かっていたのに、いざ対面して初めて【能力吸収】が発動したようね」

「そうか。キャトラが従えた時点から本当なら力が湧いてきてもおかしくなかったのか」

「ええ。直接テイムに切り替えた影響はもちろんあるけど、まああんたはそういうところが強いわよね。思い込みが激しいタイプかしら?」

もうちょっと他に言い方はないのだろうか……。

だがまぁ、言わんとすることは理解できるな。

そんな話をしている間にあっという間に調整を終えたリムドさんが俺に防具を渡してくる。

「まあ思い込みって意味なら、リムド爺が作った王国最高品質の武具を身に着けたあんたはそれなりに期待できるかもしれないわね」

シエルの言う通り、それだけで力が漲《みなぎ》ってきていた。

内戦

アルカス伯爵対ギッテル伯爵の内戦は、アルカス伯爵が先手を打つ形で開戦した。

アルカス伯爵家がほとんど一方的にギッテル領に攻め入り、だがすでに兵を準備していたギッテル伯爵はこれを領外の平地で迎え撃った。

そんな中、獅子奮迅《ししふんじん》の活躍を見せる兵がいた。

「いける……！　俺の力が！　通用している！」

マーガスは戦場で自信を取り戻しつつあった。

雑用係に使ってやろう程度に思っていたレミルに屈辱的な敗北を喫し、失っていたあの自信を。

「やっぱりあれは何かがおかしかっただけだ！　俺は……強い！」

過剰にも思えるほどの自信ではある。

だが事実、今この場には、マーガスの敵となる者はいなかった。

⚜

アルカス家のエース、マーガスを中心にアルカス伯爵の息子たちが活躍を見せ、序盤の展開はほとんどアルカス家に優位な状況に持ち込まれていた。

「ふむ……少し遅いな」

ギッテル伯爵が戦況を見て独りごちる。ギッテル側にエースはいない。

アルカス家は四人の息子たちがそれぞれに活躍を見せている。

序盤は劣勢と言っていい状況だった。

だがギッテル卿の表情に焦りはない。

内戦の勝敗を決めるのは兵の損失ではなく、捕虜交換による金銭的な損失だ。

だからこそ、エースがいないギッテル卿は現時点で敗北を心配する必要がないのだ。

捕虜交換の際に出ていく金額が少なくて済むから。

「もっとも、一瞬でここまで到達されてしまえばどうしようもないがねぇ……」

総大将が捕虜となればさすがに戦争は終わる。

マーガスは、いやアルカス伯爵家の者たちは皆、死にものぐるいで大将首を狙いに行っていれば、状況が変わったかもしれない。

「真のエースというのはたった一人で戦況を覆す」

ギッテル卿もなんの準備もない訳ではない。

だがそれ以上に、あえて介入してきた王家、中でも『尖った宝石』の言葉を信用していた。

「そろそろ姿を見せる頃合いだろうか……」

ギッテル伯爵が待つのは、王家の用意したたった一人の援軍だった。


「ミィー！」

「ごきげんだな」

子猫状態で俺の肩に乗りながら移動するキャトラ。

その腕には光り輝く爪型の武器があった。

「子猫状態から人化状態まで、果ては成獣状態でも使えるって……どんな魔法だ？」

「魔法……ではあるけど、ほとんどリムド爺の技術ね」

キャトラの専用武器は爪型の武器。見た目は普通だが、キャトラの状態に応じてその形が変化するという特徴を持っていた。

知恵の輪のように絡み合ったその武器は、キャトラの変化を感じ取るとほとんど自動で組み替わっていくのだと言う。改めてとんでもない技術だった。

「ドワーフの名工ってみんなこんなことができるのか……？」

「まさか。リムド爺は特別よ」

「それは良かった」

少し安心した。

こんなのがゴロゴロ量産されてたらと思うと恐ろしいからな。

「きゅー」

ククルが自分も欲しかったと声を上げる。

「用意はしてくれるって言ってたから待とうな」

「きゅー！」

撫でてやるとそれだけでテンションが上がる。単純で可愛いやつだった。

「さて、そろそろ戦場だけど大丈夫かしら？」

「まあ、初めてって訳でもないからな」

「そう……なら良いわ」

なんなら過去繰り返し経験してきた内戦。その陣営もまた同じとなれば、変に気負いなどない。

「にしても、開戦に間に合わなかったな」

「わざとよ……」

「わざと……？」

てっきり準備に時間をかけすぎたのかと思っていた。

「良い？　戦場において最もやりやすい相手は、慢心した敵よ」

「なるほど」

「ギッテルはそのためにエースクラスを用意していない。序盤は徹底的にやられるでしょうけど、その後であんたたちが暴れればそれだけで戦況は覆る」

「じゃあ俺たちに求められる動きは……」

「敵に脅威だと認識されること、ね。相手は組織的な動きが取れなくなって、あとはあんたが相手のエースを倒せば、この戦いは終わるわ」

シエルはただの勝利を求めている訳ではない訳だ。

確かにこれが被害を最小限にするために一番良い作戦なんだろう。

一兵士として参加していた俺とは、物の見方が違うということだな……。

「さっさと終わらせなさい。それが一番良い結果を生むわ」

「……分かった」

重みが違う。

目の前の相手とのやり取りに一喜一憂していた俺と、王女としてこの国を見てきた者の差だろう。


戦場が見えてきていた。

「敵に張り合いのあるのが出てこないな……」

マーガスは戦場においてまさに百人力の活躍を見せていた。

一騎当千までとは言えぬものの、両軍ともにマーガスを超えるような戦力は不在だった。

「ふん……敵も恐れをなしたか」

相手にエースがいないということは、こちらも地道に攻めるしかないということになる。

「捕虜交換があるとはいえ数が多くなるのは面倒だな……こうなるともう、ここからの相手には事故に遭ってもらうのもやむなしかもしれないな」

マーガスの口元が残忍に歪む。

と、そのときだった。

――ドゴン

「なんだっ⁉」

「報告！　敵本陣により新手の部隊あり！　ルーガス殿が囚《とら》われたとのこと！」

「何っ⁉　兄上は第一陣の指揮官だろう⁉　後方にいる指揮官が突然何故⁉」

マーガスが驚くのも無理はなかった。

それまで全く劣勢になることのなかったアルカス家。当然第一陣の指揮官である兄ルーガスにも、前方の兵が崩れたという報など入っていなかった。

このとき第一陣では二つのことが起きていた。

一つはルーガスが功を焦り、前に出すぎたこと。

そしてもう一つが……。

「敵新手部隊の詳細判明！　報告します！　部隊の構成要員は……えっ⁉」

報告書を読み上げようとした伝令が止まったのをマーガスは苛立たしげに睨んだ。

「失礼いたしました。構成要員はBランク冒険者一名と……神獣ベヒーモスの幼獣および、ドラゴンの幼獣です！」

「なんだとっ⁉」

マーガスは直感した。

この世界において、マーガスはレミルがテイマーとして活躍を始めたことを知らない。

だがそれでも、何かがマーガスに訴えかけていた。

──レミルが来た、と

「今度こそ……！」

マーガスは滾《たぎ》る。

あのときは何かがおかしかっただけ。その証拠に、戦場でこうまでも活躍ができているのだから。

それにレミルがBランクになっていたことは、マーガスにとってはありがたいことだった。

「ようやく……エースクラスが現れた！」

Bランク冒険者は戦場においてエースの扱いを受ける。

エースとはすなわち、捕虜交換の際に莫大な金銭を要求される存在ということだ。

レミルの実力を、一度負けたにもかかわらず未《いま》だ予備校時代のものと変わらないと信じてやまないマーガスにとって、願ってもない出来事だった。

その頭には不思議なことに、ベヒーモスとドラゴンという神獣たちの存在は都合よくかき消されているようだ。幼獣という言葉だけが残ったせいかもしれない。

「やってやる……」

マーガスはルーガスが囚われた第一陣の中心部めがけて駆け出していった。

⚜

「いい？　あんたは突然現れた新参者。しかも連れているのは子猫と小竜だけ。まず間違いなく、相手はあんたを舐めてかかってくる」

「まあ、そうか」

キャトラも人間化しなければ子猫だし、ククルにいたってはまだまだ無垢《むく》で小さい。

俺から見ても、子猫と幼獣の竜を連れ立って突撃してきた相手がいれば良いカモに写る気がする。

「だからこそ、ぶちかますわ。一撃で相手の軍に風穴開けて、将官クラスを捕らえるわよ」

「だとしたら狙いは……」

「「あそこ」」

シエルと声が重なる。

明らかに将官が前に出すぎている部隊がいる。

「にしても良いのか？　ギッテル伯爵に何も言わないで」

「良いわよ。というより、そんなことしてる暇があったらすぐ敵に向かったほうがギッテルにとってもいいわ」

「まあそうか」

リムドさんに貰った新武器を握りなおす。

その巨大な武器は不思議と、手に馴染んでしっくりくるのだ。

剣とも槍とも違う。だがこれは、ただ薙ぎ払うだけで敵陣に風穴を開けられるだけの威力を誇る武器だ。

偃月刀、と呼ぶと教わった。

「よし……行くか」

「ええ。私は本陣からまずい相手がいないか確認するけれど、現時点ではどれも雑魚ね」

「ひどい言いようだな……」

この中にはおそらく、マーガスもいるはずなんだが……。

「仕方ないじゃない。幼獣とはいえ神獣二体に匹敵するような相手はいないわ」

なるほど……。そう言われればそうだろう。

見た目はともかく、こいつらはそれだけの力があるからな。

「だからまあ、この退屈な戦争はとっとと終わらせるべきということよ」

「分かったよ」

改めて敵陣を見据えた。

狙うのは最も率いる隊の多い指揮官だ。


シエルに送り出されて戦場を駆け抜ける。

借りた馬に乗りながらリムドさんに作ってもらった武器を振り回すだけで、道を開けさせるには十分な威力を発揮した。

「キャトラ、大丈夫か」

「ミー！」

油断を誘うためと、そのほうが動きやすいという理由で幼獣状態のまま馬の横を並走するキャトラが軽快にそう答える。

走りながらも迫りくる敵の攻撃は躱し、急所を避けて敵を吹き飛ばしながら突進していく姿は、もう幼獣と馬鹿にできるものではない。

だが突進が始まる前の前線の兵たちが子猫のようなその姿に油断したつけが響いているのだ。

「くきゅー！」

ククルもこの気の抜けた声とは裏腹に、口から吐き出されるウインドブレスは相手にとって脅威以外の何物でもない威力を発揮してくれている。

キャトラとククルがそれぞれ、単体でエースクラスと言える働きを見せてくれるおかげで、俺は目標を見失わないように進路を取ることに集中できていた。

「そろそろか」

すでに敵陣の奥深くまで切り込んできている。

味方はしばらく追いつかないだろうが、挟まれようが背後を取られようがキャトラとククルがいれば問題ない状況だ。とはいえそろそろ勝負を決めないといけないと考えていたところで――

「ひぃっ……来るな……!?」

「あれだ！　キャトラ、いけるか!?」

「任せるにゃ！」

飛びつきながら人化していくキャトラ。

敵将は馬も装備もまるで周囲のそれとは異なる……どことなくマーガスの面影が見て取れる姿をしていた。

慌てて下がろうとするがもはや逃げ場などどこにもない。

「安心するにゃ！　ご主人さまから殺さないよう言われてるにゃ」

「くそっ……マーガスは何をしている！　俺は！　こんなところで……！」

「うるさいにゃ」

「ぐぁ……」

一蹴。

文字通りキャトラの一蹴りで意識を手放していた。

「よくやったキャトラ」

「ミー！」

軽快な身のこなしで寄ってきたキャトラを撫でてやりながら、意識を手放した敵将の元へ馬を進める。

ここに来るまでに倒した相手の捕虜回収は後ろの部隊に任せていたが、大将首だけは確実に貰っておかないといけないからな。

「頼むぞ」

周囲は敵に囲まれているがキャトラとククルの前に誰も手を出せずにいる。

その隙に俺は連れてきていた不定形の魔物——触手たちに指示を与えた。

「ひっ……なんだあれ……」

「ああ……ルーガス様が食われて……？」

「いやでも……殺さないって……」

触手は一見おぞましい見た目だが、よく見ればその腕に人質を巻き取っているだけだ。

だがその見た目も相まって敵陣の兵たちが余計に手出しをためらってくれたのは嬉しい誤算だった。

「よし。帰りに適当に拾いながら一度本陣に——」

戻ろうと、そう言いかけたところだった。

「ご主人さま！　なんか来るにゃ！」

「あれは……」

敵陣を切り裂くように横断してくる数騎の騎馬隊の姿が目に飛び込んできた。

「道を開けろ！」

見えてきた。

やはりあれはレミルだったのだ。

「兄もまだ連れ去られていない！　奪還するぞ！」

連れてきた部下に声をかけながら馬を走らせる。

「俺は、ツイてる……」

なんせレミルがエースクラスとしてこの戦場に現れたのだ。

もしギッテル伯爵が領地の上位冒険者に声をかけていたり、ローステル法務卿が子飼いの実力者を送り込んできていれば、俺もそれなりに苦労させられただろう。

だが――

「あいつが相手で、負けるはずはねえ！」

コロシアムのときのあれは何かの間違いだった。

あれのせいで俺の人生は狂わされたのだ。

あの日から華々しく活躍を始めるはずだった俺の冒険者生活……それを壊したのが、あいつだ。

「そうだ。そもそもあいつがパーティーを抜けるとか言い出すから……あいつは一生、俺の奴隷のままでいりゃぁ良かったんだ！」

ルイも、アマンも、こんな場所《実家》が嫌で出てきたってのに、無理やり戻らされたんだ。

それも返しきれないほどの負債を負わされた。金の問題ではない。家にまで影響するほどに誇りを傷つけられて、こんなところに送られたんだ。

「それもこれも！　全部！　てめぇのせいだ！　レミル！」

「マーガス……」

剣を振り上げながら馬をぶつけに行く。

騎馬の武器は突進力。止まったままのあいつができることはない。

「死ね！」

◆

「ご主人さま！」

「大丈夫」

突進してきたマーガスに慌てるキャトラを手で制する。

「あれは！　マーガス様だ！」

「マーガス様が来てくださったぞ！」

「これであの謎の敵もおしまいだ！」

萎縮していた周囲の兵に活気が戻る。

マーガスは予備校時代から、カリスマのようなものがある男ではあったな。

そしてその実力も、ずば抜けたものだった。

「死ね！」

そう言いながら剣を振り下ろしてきたマーガスに、これだけ伝えておいた。

「死ぬなよ」

「は？　……え？　がっ……」

偃月刀の柄でマーガスを馬上から吹き飛ばす。

こちらに向かってくるマーガスを見て、やっと俺は理解した。

「キャトラ、俺、やっぱり強くなってたんだな」

誰よりも近くで、誰よりも何回も、誰よりも長く一緒にいた相手だから分かる。

やり直し続けた人生で一度も、マーガスに追い付くことなどできなかったから分かる。

戦争のとき《この時点》のマーガスは、確かに強かったんだ。

それを俺は……。

「マーガス様が、一撃……」

「終わりだ！　もうお終《しま》いだ！」

「勝てる訳ねえ！　ここにいちゃ巻き添えだ！　怪我するだけ損じゃねえか！」

ついに兵たちが統率が取れない烏合《うごう》の衆になった。

戦争に出るメリットは多くはない。

内戦は死亡率が低いとはいえ怪我はするし、場合によっては死ぬのだ。

活躍に応じた報酬が出るとはいえ、負け戦になればそれも怪しくなる。まして今回の相手の裏側に法務卿という大人物が控えていることは、戦争に参加している者ならなんとなしに耳に入ってきている情報だ。

「勝ったな」

ようやく俺は、本当の意味でマーガスに勝てたようだった。

最後の戦い

「ご苦労さま。でも、終わってないわよ」

「え……？」

ルーガスとマーガス、指揮官クラスとエースを確保してシエルの元に向かうと、真っ先にそう言われた。

「この二人じゃ足りなかったか？」

もちろん終わったつもりはなかった。このあと本陣まで攻めて勝利を収めなければ、あの謎の敵、神にも匹敵するような存在が何をするか分からない。だから直接、アルカス伯爵を捕らえて勝負を決めるつもりだったが……。

「厄介なのが現れたわ」

出たときにはめぼしい相手は見えなかった……ということは……。

「突然、あんたがいなくなったあと、敵の隊でおかしな動きが視え始めたのよ」

「おかしな動き……」

シエルの目が青緑に輝いている。

例の相手が現れたかと思ったが、シエルの話はそうではなかった。

「ドーピング、ね」

「ドーピング……？」

「あんたの作る強化剤とは違う。あれ、使ったら最後、死ぬまで戻らないわ」

スッとシエルの目が元に戻る。

その目に宿る感情は、容易に想像できる。

「今からできることはあるか？」

「あんたの作った特級ポーションなら治せるわ」

その言葉に反応したのは俺ではなかった。

「特級ポーション!?」

そう言いながら話に入ってきたのは……。

「ギッテル伯爵」

「やぁ。挨拶が遅れて悪かったね」

「こちらこそ……」

頭を下げようとした俺をギッテル卿が手で制する。

「レミル殿は名実ともにもう勇者、そうかしこまる必要もない。ましてや今は客将なのだ」

そう言いながらシエルにも挨拶してこう続けた。

「さて、客将という意味では、特級ポーションなどを使わせるのはあまりに申し訳がない。まして報告にあるあの狂化兵の数は二十近く、私にはとても払いきれない」

「いいわよ、これも上乗せしてアルカスに払わせれば」

「払えますかな……？」

「払わせるわ」

ギッテル卿はシエルの言葉を待っていたように笑みを浮かべていた。

「狂化兵の対応と……アルカス伯爵のところまで、もう勝負を決めに行くか」

「そうね。それから……」

シエルが目配せすると、ギッテル卿が立ち上がる。

「ご武運を」

それだけ言ってギッテル卿がこの場をあとにした。

完全に気配がなくなったのを確認してから、シエルがこう言う。

「念のためその子じゃなくて四天王を使うべきね。想定外のことが起きたし、まだ見えてない敵がいる」

「見えてない敵、か……」

俺も四天王の参戦には賛成だった。

過去のループで見ているあれが現れたら……。

「クロエもあんたの使い魔たちも情報が摑めなかった相手だし、十中八九、あの神が関連しているんでしょうけどね」

「目的が読めないからな……」

俺が会ったときはじっとこちらを睨みつけただけで、何もせず立ち去られたから……。

「だから言ったでしょ。敵か味方か分からないほうが厄介だって」

なんとなく、その理由が分かった気がした。

「さて、どの子をどう使うつもり？」

「エリスに、人間に化けられるやつらと動いてもらおうと思う」

エンペラースライムのエリスなら人間の姿を取ることもできるし、配下のスライムが捕虜の確保にも役立つだろう。

シエルも頷《うなず》いて同意を示した。

「キャトラ、エリスに連絡をとって、そっちの指揮を任せていいか？」

「にゃっ!?　ご主人様と離れるにゃ!?」

「キャトラにしか頼めないからな」

「むぅ……」

ちょっと悩んだ素振りを見せてから、渋々頷いた。

「分かったにゃ」

「うん、任せた」

やらなければならないことは、過去に見た謎の敵と、ドーピング剤を渡した敵の捜索。

そして目の前の狂化兵に特級ポーションを与えて鎮圧することだった。

「キャトラに持ってるポーション、全部渡すぞ」

「あら、そっちをあんたがやるんじゃないのね」

「見えない敵を探すんじゃなく、過去のループと条件を揃えたほうが良いと思ってな」

勝ち戦の状況で本陣に向かう途中、あれは現れた。

「それに、何事も起こらずそのままアルカスを捕らえれば、それで終わりだしな」

「それもそうね」

エリスの配下にどれだけ人間の見た目で動けるのがいるか分からないが、いずれにしても数で動けるキャトラとエリスにそちらは任せたほうがいいだろう。

キャトラにそれを説明して、すぐに動き出してもらった。

◆

「いいのか？　王女が戦場に出て」

お互い馬に乗ってなるべく敵のいないルートで敵本陣を急襲するという段取りだ。ルート選択はシエルの眼で確認したから戦争中とは思えないほどスムーズに馬が駆け抜けていく。

「むしろあの出来損ないの伯爵のところに行くなら丁度良いと思うけど？」

「それは……」

まあ俺だけで行っても散々暴れて訳の分からない言い訳を並べることは、過去のループの経験からなんとなく察しはつく。

「まるで見てきたようだな……」

「見てきたのはあんたよ」

笑い合う。

すでに敵地だというのに、余裕すら感じさせる笑みだった。

「このまま順調に――」

行ければいいなと、そう言いかけたところだった。

「気付いたかしら」

「ああ」

お互い馬を急停止させて、正面を見据える。

「気付かれるとは……聞いていたよりは頭が使えるのか？」

姿を見せたのは白衣の男だった。

行く先に張り巡らされていたのは見えないほどの細い糸たち。シエルは鑑定眼で、俺は探知の延長で見抜けたが、普通なら疾走する馬上からは見えない罠だっただろう。

俺もシエルも、例の狂化兵の黒幕がこいつであることをひと目で感じ取っていた。

「あの兵士を用意したのは、あんたね」

「いかにも。役に立たない間抜けどもに良い仕事を与えてやった」

「あれを飲んだ者がどうなるか、彼らは知ってるのかしら？」

「まさか。だから間抜けなのだ」

「そう……」

シエルが静かに、だがこちらまで分かるほど怒りを顕《あらわ》にしていた。

そして敵に背を向け、俺に話しかけてくる。

「こいつはここで捕らえて、その裏にあるものを全て吐かせないといけない」

「分かった」

偃月刀を構える。

「おやおや、罠を見破っただけで勝ったつもりとは、やはり間抜けは間抜けだな」

白衣の男が手を広げる。

狂化兵のことを思えば、男の身体能力が一気に上昇する程度の覚悟はしていたんだが……。

「自分で戦うなど間抜けのすることだ！」

森の木々を背負う形で立っていた男の後ろから、地鳴りのような振動が伝わってくる。

木々をへし折り、男の後ろから現れたのは……。

「そんな……」

「レミル！　ボケッとしない！」

シエルが思わず声を上げるほどに、俺は固まってしまっていた。

ありえない。ありえないのだ。

だってそれは、まだ……まだもっと、先に出会うはずの……。

「仕方ないわね……【ギガフレア】！」

固まる俺を巻き込むほどの極大の炎が突然、辺りに巻き起こる。現れた化け物の反応を見て、ようやく俺も意識が戻ってきた。

現れた化け物は、直近のループで見たあの怪物だった。勇者の剣も、賢者の魔法も効かなかった、あの怪物。

だからもう、終わりだと思った。

「その程度の炎で我が最高傑作が破れると思ったか！」

そう、俺も思っていた。

だが、この敵はシエルが放った炎を嫌がり攻撃を躊躇したのだ。

あの化け物なら、この程度の炎は意も介さず払い除けただろう。

「助かった」

「何があったかは後で聞くとして、今は目の前のあれに集中して」

「ああ」

白衣の男が笑っている。

三年後に現れるはずだった化け物と同じ見た目の合成獣《キメラ》。あいつを捕らえなくてはならない理由が、一つ増えた。

「いけるわね？」

シエルの言葉にうなずく。よく見れば、見た目だけが同じではあるものの、その力は大したことはないのだ。

これなら……。

「ふっ……お前のような間抜けごときにどうこうできるものかっ！」

自信満々に宣言する男をあざ笑うかのように、偃月刀が化け物の身体を……。

「なっ……馬鹿な……」

真っ二つにした。

すぐに男に牽制《けんせい》のため魔法を放つ。

「【スロウ】」

「ぐっ……」

戦う能力があるかは分からないが、相手の動きを封じて、捕縛するための触手の準備をしようとしたところで……。

――ドクン

心臓が跳ねた音がして、思わず俺はその場を飛び退《の》いていた。

シエルを見ると苦しそうに表情を歪めている。俺も同じ顔をしているだろう。

それだけのプレッシャーが、新たに現れた相手から放たれていたのだ。

「なんだ……次から次へ……カハッ!?」

何をしたのかは見えなかったが、白衣の男の身体が背中から浮き上がった。殺してはいない。

だが一撃で男を鎮めて……。

目が合った次の瞬間には、跡形もなく、その場に化け物がいた痕跡ごと消え去っていた。

「――っ！　はぁ……はぁ……ふぅ……」

息をすることすら忘れていたシエルが、倒れ込むように深呼吸する。

一瞬だった。直視することすらできないほどのプレッシャーを受けた人型の何か。シルエット以外何も分からなかった。だが教会で出会った神よりは少し、大きかった気がする。

「大丈夫か？」

「ええ、でも……」

何一つ、手がかりになるものは消え去ってしまっていた。

「あれは……」

「今はひとまず、戦わずに済んだことを良しとするべきね……」

鑑定眼を持つシエルがそう言ったことが、そのまま相手の力量を示していた。

「あんたは先に行きなさい。私はこの場に少しでも手がかりがないか探ってから追いかけるわ」

そう言ってシエルが鑑定眼を発動する。

さっきあんなことがあったばかりだから置いていくのには少し躊躇《ためら》いがあったが、あんなことがあったからこそ、この戦争をさっさと終わらせるために動き出す。

「気をつけて」

「あんたもね」


アルカス伯爵は予想通り暴れた。

キャトラとエリスもうまくやってくれたようで前線も完全にギッテル伯爵家が支配。すでに司令官とエースを失い、次男と三男もギッテル卿の兵によって捕らえられたという。

そんな完全に詰みの状況で、シエルに先立って俺が敵本陣に到着したんだが、それはもうすごい勢いで散々俺を罵倒してきた。

「お前のようななり損ないの貴族に私が捕らえられるなどあってはならないのだ！」

「あってはならないって言われても、なぁ……」

「貴様が必ず後悔する報いを受けさせる……！　受けさせるぞ……！」

なおも暴れるアルカス。

だが周囲の兵すらもはや、彼を見捨てていた。

仕方ないので拘束だけしてシエルを待つと、一瞬で大人しくなっていた。王女なら良かったのかどうかは、後でじっくり考えてもらうとしよう。

後日談

「さて、じゃあ情報をまとめましょうか」

内戦が終わり、ギッテル伯爵の挨拶もそこそこに俺たちは王城に戻っていた。

シエルいわく、「戦後処理って面倒なことが多いから」ということらしい。

しばらくゆっくりしていたんだがクロエさんも戻ってきたということで改めて今回の件について情報をまとめることになった。

「まずはアルカス伯爵家ですが、改易となります」

「伯爵家同士の小競り合いの割には随分重いな」

「息子は王都のコロシアムで家名に泥を塗った。それに、これまでの不当な税の巻き上げと違法な献金が問題視された結果ね」

「もっとも、法務卿が動かねばここまでの大事にはなっていなかったでしょうが」

まあそういうものか。

この影響でアルカス元伯爵自身は過去の罪にまでさかのぼり裁かれるため幽閉。

マーガスを含めた息子たちも一同囚われているとのことだった。

「まあそんな小物の話はどうでもいいわ。あの白衣の男と、それを連れ去った相手ね」

「残念ながら連れ去った相手については全く動向が掴めておりません」

「キャトラはどうだ?」

「だめにゃ……」

まあ仕方ないだろう。

というより、こうなるとほとんど候補は一つだ。

「神、に関連すると見ておいていいでしょうね」

「だろうな」

だがあのとき何故、白衣の男を連れ去ったのか……。三年目の試練で見たあの化け物にも関わっていることは間違いないが……。

「分からないことを考えても仕方ないわ。もう一つはどうなの?」

シエルの問いかけにクロエさんが答える。

「白衣の男については、キャトラ殿の尽力もあり救われた兵の証言からキーエス家が関わっていることが分かっております」

「こっちは頑張ったにゃっ!」

誇らしげにキャトラが鳴くので撫でておいた。今は人間に近い状態なのでちょっと不思議な気持ちだ。戦争が終わってすぐにも散々褒めたんだけどな。

「キーエス……」

一方シエルは、その名前を聞いた途端苦い表情をしていた。

「辺境伯家だよな……？」

「ええ、末端の兵士の証言程度じゃ踏み込めないわね」

「姫様のおっしゃる通り、また広い領土に点在する研究施設をくまなく調べることも難しく、こちらは情報は握ったもののこれ以上は踏み込めません……」

白衣の男が関わるということは、あの合成獣《キメラ》……三年目の試練に繋がる。

なんとしても踏み込まないといけないいな。

「全く情報がなかったことを思えばヒントが得られただけで十分だろ」

俺がそう言うとシエルが笑う。

「へぇ。随分前向きになったわね」

言われてみれば……。まあそうだな。

「シエルのおかげで自信がついたのかもしれないいな」

そう言うとシエルはさらに驚いた表情をしていた。

「なんだよ」

「いえ……変わったなと思っただけよ。それより、これくらいで気を抜いてもらっちゃ困るわね」

シエルが気を取り直したようにそんなことを言う。

その通りだ。

マーガスという俺のトラウマの原因の一つが払拭されたとはいえ、三年目に現れる化け物のことも、今回現れた正体不明の神に関する情報もほとんどないのだから。

それにマーガスが今回そうだったように、ルイとアマンが今後、大人しくしているとは限らない。キーエス辺境伯家はルイの家とは親しい関係だったはずだからなおさらだ。

現時点で三年目の試練について分かったことは、まだまだ神と相対するには厳しいという事実だけ。

「幸い今回の件でギッテル伯爵、ローステル法務卿へは貸しができましたからな。男を連れ去った者に関する情報はお二方にも調べていただきましょう」

クロエさんのことだ。すでにこの辺りの話は取り付けてきているんだろう。

「どんどん強くなってもらうわよ」

シエルが笑う。

「楽しみだな」

「にゃっ！」

三年目のリミットまで、あと二年半。

今回のループこそ、抜け出さないといけない。

こんなにも恵まれた人生は、後にも先にももうない気がするから……。

「絶対生き残る……！」

決意を新たに、次の目標に向けて動き出した。

あとがき

はじめまして。すかいふぁーむと申します。

この度は本書をお手にとっていただき誠にありがとうございます。


本作は元々WEB連載を経て書籍化に至った作品です。

溜め込んだ経験値を最も効率良い方法で使って強くなっていくという爽快感が楽しめればな、と思って書かせていただきました。

そして私の作品は大体主人公が「テイマー」なんですが、本作もテイムを中心に活躍していきます。今回は擬人化も取り入れてパーティーメンバーとして活躍してもらっています。

一巻時点で色んな種類の相手をテイムしているので、今後どうやって活躍させていこうか私も楽しみにしながら考えているところです。

ぜひお楽しみいただければ幸いです。


さて、全然関係ない話になりますが、創作者として流行り物って追わないといけないな、と常々思っているんです。特にエンタメに関しては何が楽しまれてるか知っておくの重要ですよね？
なので私のＴｗｉｔｔｅｒが作家なのかトレーナーなのかハンターなのかわからなくなっていても見守ってもらえるとありがたいです（笑）。
冗談はさておき、本当に最近のゲームはよく出来ていますよね。楽しませてもらっています。なにか創作に生かせればいいなと思っております。

最後になりましたがｔｅｆｆｉｓｈ先生、素敵なイラストをありがとうございました！どのイラストも来る度モチベーションが高まり、非常に楽しみにさせてもらっておりました。また、担当編集の山口さんをはじめ、書ききれないほど様々な方のおかげでこうして本を出すことができております。本当にありがとうございました。

そして何より、こうしてお手に取っていただいた読者の方に最大限の感謝を。
また二巻でもお会いできることを願っております！

二〇二一年五月吉日　すかいふぁーむ

原作小説17巻&
TVアニメ公式
ファンブックも
好評発売中!
シリーズ累計
200万部
突破!
PASH! COMICS

逃げたくなる、
この気持ちの
正体は…?
同じ寝室、結婚式、新婚旅行…
全部逃げたい!!
PC Fiore